MARTIN
EN DERNIER LIEU

DU MÊME AUTEUR

Madame est servie (sous le pseudonyme de Pacifique Simeoni), Éditions de Flore, 1953.
Le Consulat du Pacifique, Robert Laffont, 1974, Prix Cazes.
Dans l'Orient désert, Albin Michel, 1992.
Nous ne faisons que passer, Éditions de Fallois, 2005.
Portraits de Pechkoff, Éditions de Fallois, 2006, Prix Combourg 2006, Grand Prix Jules Verne 2007.
Et la peine est toujours là, Éditions de Fallois, 2009.
Martin à Moscou, Éditions de Fallois, 2010.
Martin en Afrique, Éditions de Fallois, 2011.
Martin en Israël, Éditions de Fallois, 2011.

FRANCIS HURÉ

MARTIN EN DERNIER LIEU

Éditions de Fallois

PARIS

22, rue La Boétie, 75008 Paris
978-2-87706-858-1

Pour Michelle

« Nous troublons la vie par le soin de la mort et la mort par le soin de la vie…

Je veux que la mort me trouve plantant mes choux. »

MONTAIGNE

AVANT-PROPOS

L'histoire est simple, et la voici.

Martin a une marotte. Depuis toujours, au jour le jour, il met par écrit ce qui lui passe par la tête, spéculations, divagations, âneries parfois. Dès qu'il termine un livre, qu'il sort d'un cinéma, dès qu'il entend un propos qui le frappe, il note un commentaire. C'est chez lui un réflexe, un tic.

Avec le temps, les tiroirs de son bureau débordent d'un bric-à-brac, d'un vrac de papiers noircis dont il ne sait que faire. Les garder ? Ils encombrent. Les jeter à la poubelle ou dans le feu ? Martin répugne à traiter ainsi ces vestiges, ou plutôt ces reliques de lui-même. Mais après lui, où finiront-elles ? Alors ?

La vieillesse est soigneuse. Elle tient à conserver, elle déteste détruire, elle a ses raisons que l'on devine. Martin est vieux, il approche de sa centième année, et on ne peut lui reprocher d'avoir des idées de vieux. Devant le dilemme, il choisit un moyen terme que lui suggère son caractère. Il va dégager ce fatras, y mettre de l'ordre, et verra plus tard que décider. Objet de ce projet? Procrastiner...

Il s'est mis à la tâche. Dès le matin, comme s'il était poussé par une urgence (cette impatience est un signe de l'âge), il déchiffre, recopie, classe sans enthousiasme, déchire à contrecœur. Ce faisant, il se prend au jeu. De ces coupures qu'il assemble, ne peut-il faire un ensemble? Il s'y essaye. Il établit des liaisons, organise des séquences, fabrique des chapitres d'après la couleur des phrases. Il varie les styles. Parfois il garde la première personne: «J'ai fait ceci, ou cela», parfois il se raconte comme s'il était un autre: «Martin dit ceci, pense cela.» Ou bien il s'interpelle: «Que crois-tu, Martin?» Ce sont des façons de parler, de se parler. Bref, au lieu d'examiner, il élabore, au lieu de réduire, il en rajoute: il construit un texte.

Voici le résultat. Est-ce un recueil d'idées vivantes? Un cercueil de pensées mortes? Un exercice de rhétorique, un épanchement de sincérité? Il s'inquiète de cette ordalie. À vrai dire, ce qu'il expose dans ces pages nouvelles est moins le portrait, authentique ou truqué, d'un vieillard qui se veut encore campé dans sa stature, qu'un relevé des états et des étapes ultimes d'une âme recrue, la carte intime et griffonnée d'une marche finale, hasardeuse, que guide l'incertitude. Il évoque deux confessions, celle de Colette la romanesque, celle de Chateaubriand le romantique. «Je vis sur le fond de frivolité qui vient au secours des existences longues », dit la première. « Je dispute au chagrin le reste de mes jours », dit le second.

C'est peut-être une illustration de ce partage qu'éclaire cet écrit d'un homme qui s'en va.

RECUEIL DU MATIN

I

Martin se réveille tôt. Non pas que ses journées soient laborieuses : il n'a rien à en faire. Mais il organise leur inaction.

Sa matinée commence par une longue station au lit, occupée à se reconnaître : « C'est toi, Martin ? » Il se constate : « Oui, c'est moi. » « Je te retrouve : tu ressembles à ce que tu étais hier. Bravo, tu n'as pas changé. » Le dialogue, naturellement, n'est pas formulé, il est ressenti. Martin est en face de Martin et reconnaît Martin. Il s'observe et s'admet. Il prend connaissance et possession de lui.

La conscience du présent envahit sa somnolence, sans débordement possible sur un passé qui dicterait son âge, ou sur un futur qui marquerait son terme. Il existe et se perpétue dans un « maintenant » sans au-delà ni en deçà.

C'est peu à peu qu'il sort de cette épaisseur molle pour entrer dans le vif du moment. Il regarde sa montre et y découvre ce qu'il s'entend murmurer :

« Sept heures trente. » Ainsi, dans sa genèse, naît le temps avec le verbe. Il parle, et l'instant acquiert sa minute. Son éveil est achevé.

Il n'a plus qu'à vivre ce qui lui reste de vie pour ce qui lui reste à vivre.

*

Allongé sur le lit, il est allégé de tout. Il n'attend rien, et ne s'attend à rien. Paix totale, minérale.

Il n'a pas encore fixé son âge. À ce stade, l'âge dépend de lui, ou plus exactement de la position qu'il prend, du geste qu'il fait. Étendu, immobile, il peut se croire adolescent. S'il remue la jambe, il provoque sa crampe, s'il déplace l'épaule, ses vertèbres gémissent, et aussitôt il entre dans l'infirmité du vieil homme. En une seconde, il passe du juvénile au vétéran, de l'esprit préservé au corps abîmé. Les deux états se composent. L'esprit est léger, comme l'âge tendre. La chair est lourde, comme le poids des ans.

Couché, puis debout : simple gymnastique qui le transporte et le transforme. Il est fasciné, non par le jeu qu'il ne joue pas, mais par l'idée d'un jeu qui lui permettrait de traverser le temps et de changer de nature, à volonté.

*

Il se verse le thé matinal. Autour de lui ont pris place les meubles de la pièce, ses cloisons, son grand miroir, ses recoins. L'odeur de pain grillé, la tiédeur de l'air. Toutes choses acquises et possédées. Merveille de ces appartenances après le miracle de l'existence. L'avoir, suivant l'être, aussitôt, comme sa conséquence.

Michelle apparaît dans son boubou blanc, porteuse de lumière, qui ouvre les rideaux.

Il se lève de sa chaise pour la saluer. « N'écoute pas ce premier mot du matin qui me vient à l'esprit : Je voudrais entrer dans la mort comme j'entre, en cette heure, dans un nouveau moment de la vie. Et laisse-moi te serrer dans mes bras en te disant bonjour. »

*

La vieillesse est un état instable et capricieux : on n'est pas vieux à tous moments, de la même manière, en toutes occasions. Certes, l'âge est sans retour, une fois qu'il est certain, il tient la place et n'en démord plus. Autant dire qu'il mord de plus en plus fort et fait de plus en plus mal.

Mais il varie ses prises. D'abord leur lieu : la tête ou le ventre, ou la poitrine. Et aussi sa manière : il cogne, il pince, il brûle, il lancine. Il est différent suivant les heures, les climats, les saisons. La vieillesse de l'aube, qui chantonne matines, n'est pas celle du soir, qui chevrote ses vêpres. Celle de la campagne respire mieux que celle de la ville, celle de l'hiver qui tousse n'est pas celle de l'été qui sue.

*

Parfois, un instant, la sénilité s'éclipse. Il ne faut pas s'y fier, c'est une feinte. Martin se souvient d'hier.

Il était à table. Il se sentait dispos et disert : il se prenait pour le jeune homme qui dînait en face de lui. Mais soudain il avala de travers, éructa dans la serviette. Le voilà hors d'usage. « Je vous demande pardon, excusez-moi. »

Le vieillissement est harassant : il occupe à plein temps. On doit toujours avoir son âge à l'œil. On s'est libéré des corvées de la vie pour s'encombrer des tracas de son terme.

*

Martin réalise depuis quelque temps qu'il doit porter une extrême attention à tout ce qu'il fait, pour le faire sans accroc.

Par exemple marcher au bras de Michelle, chose toute simple. Il lui faut à présent régler le pas, lever les talons pour éviter de buter sur le trottoir, c'est-à-dire y veiller sans arrêt. L'attention ne quitte pas le geste. L'allure est hésitante, du fait qu'elle est pensée.

Autre cas : en exprimant une idée, trouver pour être clair le mot propre. Ce fut longtemps un jeu facile ; il requiert un effort aujourd'hui. Le mot voulu se dérobe, on doit le chercher loin.

Martin se concentre, fronce le sourcil. Il en veut à son âge, puis sourit.

*

«Je rêve d'un regard sur moi, doux comme un reproche de bête.» Celui de mon chien inguérissable, à la clinique, lorsque je l'ai fait endormir.

Dès le matin, je le revois, les jambes ouvertes, sur la table d'examen, anxieux et malgré tout confiant, attendant quoi?

Les chiens savent mieux mourir que les hommes.

*

«Le temps, qui me prend par la main, me dit que je me retire.» Ce mot de Voltaire à Madame du Châtelet me poursuit. Je le répète tout bas à tout instant. Et puis je prends le bras de Bibi pour faire ma toilette.

*

Il m'a été donné un cœur effervescent et une tête placide, sans trop de bulles. J'ai parfois envie d'intervertir ces caractères. Mais un cœur sans bulles n'a pas de raison d'être.

II

« Les pays sans légende sont condamnés à mourir de froid », dit Patrice le poète. Ainsi en est-il des vieillards. Il leur faut une fable pour souffler sur leur braise.

Lorsque la couleur du jour s'assombrit et que l'on sent que l'avenir se dérobe, il est bon que le rêve donne au présent sa perspective, ou qu'une voix complaisante lui prête son projet.

Michelle, je t'entends.

*

Les vieux doivent se faire pardonner d'être vieux et de rappeler, par leur décrépitude, que l'homme est un mortel et que ce n'est pas drôle. Lorsqu'ils se dérident, ils se rachètent. Leur sourire n'exprime certes pas leur satisfaction, ils ne sont pas idiots, mais signifie : « Merci de me tolérer encore dans votre société et de m'accorder quelques soins. En échange je fais effort pour vous paraître gai. » Ils prennent leur récréation lorsqu'on ne les voit pas. Ils peuvent alors, à loisir, sombrer dans le chagrin.

★

Je crois penser quelque chose. Je l'écris. La semaine passe. Je me relis : c'est du vent.

★

Est-il vrai que nous voyons ce que sont les autres à ce qu'ils croient que nous sommes ? Des siècles de comédie l'attestent : le flatteur est un ami plein de discernement, le censeur est un sot ou un scélérat. L'homme, en ce domaine, n'a pas changé depuis Molière et, avant lui, Aristophane. On ne voit pas qu'il s'y prépare. « Vous êtes belle, si vous me trouvez bien. » Le contrat est amiable et devient chaleureux.

★

Il existe des amitiés posthumes. On les découvre par leur absence, après la mort de ceux qu'on a manqués. Une rencontre de plus, une confidence, une connivence aurait fait parler le cœur : il n'en a pas eu le temps, l'occasion. Le remords que l'on ressent fait découvrir d'autres manquements de même acabit. Au cours du temps a-t-on été si négligent ? On ne s'était aperçu de rien. Et voici qu'un cortège d'amitiés avortées accompagne celui des amitiés défuntes.

*

De même nature sont les amitiés omises. Ils sont encore vivants, ces voisins, ces collègues, ces passagers dont on avait perçu la qualité dès la première rencontre. On pensait qu'un lien solide allait se tisser. Mais on n'a pas donné suite, pour quelque raison qu'on n'explique pas : négligence, timidité ? On pourrait renouer, on ne le fait pas. En amitié, comme en amour, existe un moment propice. Après quoi, il est trop tard. On ne rattrape pas le train manqué. Et d'ailleurs, aujourd'hui, que puis-je offrir à cette sympathie ? Une épave.

Ma déconvenue est telle que lorsque le hasard me fait croiser cet ami que je n'ai pas su me faire, je suis gêné, paralysé : soudain abattement qu'on pourrait prendre, comble d'ironie, pour de la hauteur !

*

Je passe en revue mes proches qui ne sont plus, Jacques, Hubert, Armand, un autre Jacques, Lisette, Béatrice. Je ne les nomme pas tous ce soir. Demain, j'en compléterai la liste. Ce sont « mes morts », comme disait la vieille paysanne. Vivants, ces êtres appartenaient à tous. Défunts, ils sont à nous. Je puis tracer d'eux un portrait complet, assorti de détails, coloré d'anecdotes. Mais c'est de leur fin dont j'aimerais être sûr. Où passèrent-ils leur dernière heure ? À la maison, à l'hôpital ? Comment la passèrent-ils ? Dans l'inconscience, dans la souffrance? «Armand, dis-moi comment mourut ton père?» Je n'aurais pas posé la question autrefois. Aujourd'hui, elle m'intrigue. Je voudrais tout savoir.

Je me renseigne, mais ne tiens pas à m'en apercevoir.

⋆

Romain Gary m'avait dit, dans son bureau du rez-de-chaussée de notre délégation à New York, où il croquait des pommes en dictant *Les Racines du ciel*: «Quand je ne pourrai plus bander, je me flinguerai.» J'avais ri.

Quarante ans après, on découvrait Romain sans vie, chez lui, rue du Bac. Il s'était tiré une balle dans la tête afin de ne pas se voir vieillir.

⋆

Je viens d'apprendre la mort de Jacques, un troisième Jacques. Il était mon collègue et avait été mon collaborateur. Il avait écrit à mon propos de vives louanges. Il ne m'aimait pas et avait ses raisons.

J'éprouve pour son épouse Martine des sentiments qui me font le pleurer: une amitié qui est mieux que tendre, une amitié que je peux dire forte. Si elle lisait ces lignes, je crois qu'elle avouerait: «Je pense de même.»

Et cette réciprocité est une relation dont le cœur s'empare.

*

Les mortels ordinaires ont tenu plus de place pendant leur vie qu'ils ne laissent de vide. Ils n'ont pas le loisir de s'en offenser là où ils sont. Ce sont les survivants qui s'en offusquent. Parce qu'ils pensent à eux.

Martin voit l'oubli emporter les défunts à toutes pompes. Il blâme les oublieux hâtifs, réprouve leur affliction bâclée. Quelle impudence, quelle ingratitude ! Voici ce qui l'attend, lui, Martin, à son tour. Mais si ! Mais si ! Il aurait mérité qu'on le pleure plus longtemps !

Les deuils nationaux ne présentent pas ces problèmes. Ils affichent leur durée : une semaine, deux parfois, cela dépend. « On sait à quoi s'en tenir... » C'est tout ce que Martin trouve pour oublier le sujet de l'oubli.

*

Il ne faut pas trop penser aux morts, ni parler d'eux. Il faut leur parler. Alors, on ne se pose plus la question de savoir où ils sont, ce qu'ils font : ils sont près de nous, occupés à nous écouter, là où vous serez en dernier lieu. L'entretien est apaisant d'autant que l'on est seul à se prononcer.

*

J'ai assisté à la messe d'enterrement de Philippe. Je devais y prononcer quelques mots. J'en ai été incapable. Sa fille a lu mon message.

C'est chose curieuse que les rites funéraires. Voici un cérémonial qui se déroule devant un cercueil contenant une dépouille dont on se débarrasse et que l'on bénit promptement avant qu'elle ne pourrisse. Le célébrant invite l'assistance à ne pas pleurer, sous prétexte que l'éternité prend soin du défunt, mais la liturgie souligne la solennité d'un adieu qui fait jaillir les larmes. Ainsi le *Requiem* chrétien est un office qui ne sait pas ce qu'il chante, mais qui est tenu pour sacré entre tous. La famille, vêtue de noir, s'aligne pour recevoir les condoléances.

Je voyais dans mon rêve le sourire de Philippe et je l'entendais me dire: «C'est drôle, tu ne trouves pas?»

*

À l'époque où, bien qu'elle fût encore valide, Jacqueline, mon amie, mon épouse, sentait que sa vie la quittait, elle se posait les questions qui avouaient son âge: «Est-ce la peine?» La peine de changer les rideaux, de suivre un régime, de risquer un pari. À quoi bon se battre, puisqu'on sera battu dans le combat contre le temps?

Elle n'était pas de celles qui cèdent à ces logiques. Je la voyais soudain partir chez Hermès s'acheter un foulard, me choisir une écharpe. Je comprenais pourquoi. C'était une bravade pour narguer le destin. Lui ayant fait cette grimace, elle rentrait à la maison, belle et droite dans son tailleur noir, et me faisait, à moi, un pied de nez de connivence.

Alors tout à coup et tout ensemble, je récapitulais ses épreuves (son jeune veuvage au premier jour de la guerre, ses nuits d'infirmière, ses combats clandestins, sa déportation à Ravensbrück). J'évoquais sa discrétion superbe, son refus des honneurs («Non, je ne suis pas une héroïne»), je revivais nos déchirements (mes mensonges, les refus de notre fille adoptée), je revoyais aussi nos années heureuses (nos découvertes, nos passions, les gâteries du sort) et, pour finir, ces railleries, cette dérision à preuve de sagesse...

*

Après la mort de Jacqueline, l'amitié d'Anne fut pour Martin un bienfait nécessaire. Elle aussi aimait sa compagnie. Ils savaient tous deux parler de la pluie et du beau temps sans se contraindre ni se contrarier. Peu à peu elle perdit la mémoire, la notion du temps et le sens des choses. Mais sa parfaite civilité, son élégance naturelle cachèrent son déclin. Ses manières faisaient écran à sa maladie. Les apparences demeuraient sauves, les dehors inchangés. Ils dînaient ensemble, suivant un rite immuable. Il lui prenait la main, seul aveu permis à leur intimité. Il écoutait sa leçon de savoir-vivre, au moment où la vie l'abandonnait.

*

Dans une partie de la vie on ne tient pas en place, et dans l'autre on ne tient plus debout. Ce badinage, hélas, ne plaisante pas.

*

Lorsqu'on demande à Martin comment il se porte, il a envie de répondre «Je me porterais bien si mes jambes me portaient mieux». Il ne marche droit que moralement. «J'ai encore ma tête, dit-il timidement, pour circuler.»

III

L'un des soulagements aux misères du grand âge serait de faire un spectacle des phases de son déclin, au lieu de s'en faire un souci. Mais il n'est pas aisé de prendre du recul pour s'observer justement, d'une attention sans émotion, tel que sans doute les autres vous voient et que l'on est peut-être. Faire de soi quelqu'un face à soi qui retient l'intérêt sans réclamer la sympathie, alors que l'esprit s'alarme et que le corps se plaint? Martin a essayé ce détachement: mise en scène pour se mettre à nu. Ce fut bref, difficile, surprenant. Très vite, il est descendu de l'estrade, il a regagné son parterre d'habitudes, le cher amour-propre, trompeur et familier, qui rabâche ses fables: «Tu vas t'en sortir, te guérir, rajeunir, mon ami!»

Pourtant il lui reste quelque chose de cette expérience dont il retrouve la pratique et le bénéfice en des moments de force d'âme. Encore faut-il que les maux qu'il éprouve consentent à demeurer pluriels. Lorsque la douleur se fait unique, impérieuse, insolente, il n'est plus question de lui parler. Elle impose silence à ce qui n'est pas son cri. Elle règne sur un corps en détresse qui n'a d'autre voix que son gémissement.

Dieu sauve le pauvre Martin !

*

Mes secrets d'aujourd'hui sont des cache-misère. Ils relèvent de la pudeur plus que de la discrétion. Où sont nos beaux masques d'autrefois, nos déguisements, précieux comme des parures ? Je vivais à leur crédit.

*

Lorsque je regarde ma propre vie, je m'aperçois que je n'ai été privé de rien, sauf de privations. Si mon âme était plus forte, elle s'en plaindrait.

*

Nous avons tous besoin de nous déchiffrer. Avez-vous jamais compris pourquoi vous étiez ce que vous êtes ? Quelle est la part d'hérédité, de volonté, de circonstance ? Et d'où provient, qui a voulu, ce mélange ? Avez-vous trouvé quelqu'un qui vous le dise ?

*

Martin n'a pas le respect des anniversaires. On pourrait croire que ce sont des étapes dont il préfère négliger le compte. La date de sa naissance ?

Ce sont ses proches qui s'en souviennent. Celle de son mariage? Franchement, il lui est souvent arrivé de l'oublier. Sa première nuit d'amour? Elle eut plusieurs épisodes qu'il n'a pas notés. Par contre, il est attentif aux célébrations de l'histoire, le 1er-Mai, le 11-Novembre, le 14-Juillet bien sûr. Et le 18-Juin. Mais pour celle-ci, il a coutume de préciser son millésime: 1940.

C'était, il s'en souvient, l'année d'une calamité nationale, d'un drame inattendu, piteux et colossal, qui manqua son spectacle. La chute fut si soudaine, si complète, qu'elle fut sans éclat. Faute de temps, peut-être. Elle se clôtura par la tirade chevrotante du vieux Maréchal, devenu grand infirmier, qui administra des potions lénifiantes au peuple abasourdi. Résultat: le peuple s'endormit. De Gaulle le réveilla, c'est-à-dire lui rendit sa taille, son train, son maintien. Avec sa silhouette de grand godiche, son nez trop long, ses bras ballants, il n'avait rien d'un conducteur, encore moins d'un séducteur. Et cependant...

Lorsqu'on lui demande pourquoi il s'est, comme on dit, évadé de France, Martin répond que Vichy lui était devenu insupportable à force d'être penaud et pleurnichard. Sa jeunesse s'en offusquait. L'allure était ailleurs, peu importe où elle conduisait. «Au combat lon-la, à la guerre lon-lère.»

*

Au cours des grandes batailles de l'histoire, on voit souvent la fougue triompher de la force dont elle se fait le faux-semblant. Il en est de même, dans les conflits de l'opinion ou les débats de la conscience. Martin saisit l'occasion de situer certaines ardeurs de son passé. C'est ainsi que nous lisons les chroniques du vaste monde : en lorgnant sur nos petites affaires.

*

La pensée de Martin s'est emparée d'un mot qu'elle ne prononçait guère jusqu'à présent, et dont elle découvre en même temps l'existence et l'importance : la sincérité. Mot aux multiples facettes, et, par conséquent, aux synonymes incertains, par exemple intégrité, véracité, exactitude, fidélité, loyauté, bonne foi, franchise. Mot sévère, qui ne badine pas, et s'impose. Martin devenu vieux, retiré des affaires, ne parlant le plus souvent qu'à lui-même, voit ce terme sortir du néant pour devenir une exigence première vis-à-vis de lui, vis-à-vis d'autrui, une règle de comportement, un principe de conscience. Il se sent engagé.

*

La sincérité ne se montre pas dans la ferveur d'un discours, ni dans la générosité d'une conduite. Pas à coup sûr, en tout cas. L'insistance, la constance, ne la démontrent pas, ni la redondance, ni l'éloquence. Elle est une denrée rare, secrète, sans affiche, Martin lui trouve une saveur de truffe. Seul l'instinct la décèle ou la dénie : un flair d'animal, une intuition, sait ne pas la confondre avec ses leurres, ses feintes. Dans les propos ou dans les livres, le verbiage ou la littérature se repèrent à vue de nez. Le « vrai » se sent, tandis que la vérité se prouve.

*

La courtoisie qu'inspire le cœur et celle que dictent les mœurs ont le même langage. Elles se ressemblent. Un monde les sépare. Pascal me verse le thé. Je ne me trompe pas.

*

Une certaine philosophie a le souci de l'évidence et le goût de l'obscurité. Se faire entendre « du vulgaire » n'est pas son souci : elle craint de se vulgariser. Elle s'adresse au petit nombre pour lui parler d'universel, mais espère que « le grand public » applaudira sa performance.

*

Je me fais lire la presse matinale, j'entends la radio vespérale. Le pouvoir n'agit plus. Il s'agite. Faute de savoir commander, il recommande. Il connaît de plus en plus, comprend de moins en moins.

*

Martin habite Neuilly, un appartement parfait, dans une avenue parfaite. Il y croise ses voisins, un ménage parfait dont la banalité est exemplaire. L'épouse s'occupe soigneusement de son mari, sans vraiment s'en préoccuper. Contrairement à lui qui se préoccupe de sa femme, sans pour autant s'en occuper. Ils ont la bonne habitude de s'aimer. Un vrai couple moderne, de la meilleure tradition française.

*

Il se souvient :

« À la maison, dans ma chambre d'adolescent, les œuvres de mes siècles préférés, le XVIe, le XVIIe, étaient alignées à portée de main dans ma bibliothèque. Elles étaient mes Belles au bois dormant. J'attendais le moment de choisir ma compagne pour traverser ma nuit. Hésitation palpitante. J'avais le regard soucieux, les lèvres un peu pincées. Une fois dans mon lit, je n'aurais pas osé m'étaler, m'affaler. Je respectais ma lecture. »

*

La beauté accomplie doit boiter un peu. Les statuaires grecs savaient mettre aux fesses d'Aphrodite des ridules troublantes, d'émouvantes fossettes qui, loin de les gâter, en redoublaient l'attrait. L'erreur de l'académisme est de bannir ces petits défauts qui émoustillent le spectateur, et de leur substituer une perfection qui le lasse.

Il en est de même de la vérité. Il lui faut un peu d'hésitation, de bégaiement pour se faire admettre. Mais bien souvent elle tranche, péremptoire et parfaite. Elle n'a pas la manière et s'étonne qu'on en manque envers elle.

*

En ce clair matin, tout est calme et justifié, la campagne, le jardin. J'admire de ma fenêtre l'harmonie du monde et récite Virgile qui en fut le chantre. Cette référence donne à ma joie une ampleur qui en double l'écho et en fait un bonheur. Je rends grâce à mes professeurs qui, au collège, me firent déchiffrer le divin poète en m'apprenant les *Bucoliques*. Sans eux je ne connaîtrais pas cette félicité et devrais me contenter d'un plaisir.

Ils étaient mes Maîtres, mes Mentors. Je puis répéter leurs noms. J'avais pour eux le respect que l'on doit au savoir, qui était alors une dignité. On se levait lorsque, solennels, ils entraient dans la classe. On les écoutait avec révérence. Je dresse à leur mémoire un mausolée abritant le rêve que j'ai d'eux. Ils m'ont appris ce que je sais et, mieux encore, m'ont fait ce que je suis. Où sont leurs successeurs ? Je ne les aperçois guère, sauf David, qui est de leur famille.

*

Ainsi Martin se prête l'oreille. Il est seul dans sa chambre. Son intimité lui tient compagnie. Il n'a plus beaucoup d'interlocuteurs, à son âge. Il se sert, à lui-même, d'ami d'enfance, le dernier qu'il ait encore.

Il s'est assis sur le fauteuil de cuir noir, les jambes reposant sur un tabouret de tapisserie. D'où lui viennent ces pensées volantes, ces aperçus volages qui se succèdent sans qu'il ait le sentiment de les avoir cherchés et qui, au fil des heures, sans faire défaut, viennent visiter sa solitude ? Dissociations d'idées, occurrences fortuites, dont il n'est pas sûr qu'elles soient dues au hasard, car tout est fumeux dans ce for intérieur. À certains propos, il offre une pause, un temps d'examen, parfois même il les consigne sur un carnet qu'il se promet de relire… Et puis il passe à un autre qui se présente.

La vie de Martin s'est dépourvue de péripéties. Elle est un ronronnement continu de petites chansons et n'est plus que cela. Sa pensée étrécie et sa vie confinée s'attestent et se cautionnent. Elles finiront ensemble et en sont averties.

Au temps où il était jeune, régnait sur son destin « le suspense », c'est-à-dire l'attente de la surprise. Le suspense était le secret du livre qu'il lisait, du cinéma qu'il voyait ou qu'il se faisait, l'étonnement du quotidien, la délicieuse devinette du jour à venir.

Le vieil homme ne fait plus de roman, il a en train, qui se traîne page par page, le récit que voici.

IV

Il pourrait allumer la télévision. Il n'y pense pas, ou peut-être il s'en garde. De temps à autre, oui, pour les informations, lorsqu'elles sont d'importance. Mais il n'aime pas s'apercevoir qu'il entend de plus en plus mal, qu'il voit de plus en plus flou, et surtout il se lasse de hausser les épaules en dénombrant les sottises, les partis pris, les vulgarités des présentateurs patentés. Il passe d'une chaîne à l'autre sans calmer son irritation. Il préfère décidément son propre cinéma dont il s'offre la distraction, sans jamais se décevoir, sur les écrans de ses yeux fermés.

*

Quel est, aujourd'hui, le programme? Comme toujours, il est sans projet. C'est celui d'hier, qui sera aussi celui de demain, le même cortège de confidences, salmigondis de soliloques, noria baroque et bienvenue. Car si cessait le défilé,

Martin ne percevrait plus que le silence accablant d'une rumeur très basse, très triste, acouphène lancinant, gésine essoufflée, suintement fatigué de l'être qui persiste à durer.

Ces entretiens solitaires, en nourrissant sa vie, la protègent d'une torpeur dont parfois il ressent l'envie – celle d'une inanition bienveillante qui le délivrerait de tout, une fois pour toutes.

*

La sieste du matin le sollicite : demi-sommeil soustrait à un jour en demi-teinte. Ce sont des entractes auxquels on n'a pas droit, et qu'il n'oserait avouer. « Je me suis légèrement assoupi », dirait-il pour s'excuser s'il était surpris. Moments précieux d'être dérobés, relâches dans un horaire chargé d'inconsistance.

Martin s'ébroue, se reprend. Comme si de rien n'était, il continue. Il continue quoi ? De glisser du matin au soir, du réveil qui l'anime au sommeil qu'il attend. Son existence n'est pas une sinécure, et encore moins une paresse, mais une vacuité songeuse, une persistance attentive, sans intention – on l'a déjà dit.

*

J'ai perdu le goût d'entreprendre, mais pas celui de rêver que j'entreprends.

*

Karl Marx écrit quelque part : « La religion est le soupir de la créature accablée. » N'est-ce pas aussi le sourire de la créature inspirée ? Je mets les deux phrases en parallèle et contemple leur ensemble. Alors me vient cette autre pensée : « La foi accorde plus à l'espoir qu'elle ne donne à l'esprit. » Évidence qui me déprime et, en même temps, me désabuse.

*

J'avais pour habitude, lorsque j'étais jeune, de sacraliser mes désirs en les nommant desseins. Je le fais encore, mais j'ai moins de désirs et n'ai plus de desseins. La prudence recommande ces abandons, l'âge les commande.

*

Ma mémoire ne se mêle pas de vérité formelle. Ou plutôt, elle l'accommode à sa manière pour se mettre d'accord avec moi et ainsi ne pas démentir ma sincérité. J'en suis conscient, et ne m'aperçois de rien.

*

Les meilleurs amis mesurent leurs confidences, par pudeur, par ménagement. Je fais de même, je me parle beaucoup mais ne me dis pas tout : j'ai des égards envers moi-même ou, plus simplement, une sorte de civilité.

*

Paris et moi, jadis, avions toujours des choses à nous raconter. Paris était disert. J'aimais son histoire en lettres d'or que m'enseignaient ses quais royaux, ou les histoires en petits caractères de leurs rues adjacentes. Je n'ai plus la force d'aller en ville. Je n'ai pas la faiblesse d'en avoir le regret.

*

Entre la naissance que l'on n'a pas voulue, et la mort qui ne demande pas notre avis, s'insinue la vie, encombrée d'épisodes que l'on n'attendait pas. Mais l'homme n'a cure des mystères qui l'encadrent : ceux d'ici-bas (la liberté, la responsabilité, le sort), ceux d'au-delà (le ciel, l'éternité, l'immatériel). Il va son chemin, et pousse son moteur. C'est un mâle. Il a trop de soucis pour avoir des angoisses. Il a sa famille, sa santé, sa fortune. Parfois son métier. Ne lui parlons pas d'autre chose. Il est au volant de sa voiture, sur l'autoroute, et voudrait bien doubler l'imbécile qui le précède.

*

«Tu peux tout me faire accepter, à condition que tu saches que je l'accepte à cause de toi, et que je suis sincère, mais pas dupe.» J'ai écrit cette semonce. À qui l'ai-je adressée ? Je me demande si ce n'est pas à moi…

*

Ma mère me disait: «Il faut vivre léger.» Sa chambre s'encombrait de bibelots, mais elle ne les voyait pas, sauf si on les changeait de place. «On ne doit pas agiter ses soucis si on ne veut qu'ils vous remuent», ajoutait-elle. Elle allait sur «ses tombes», au cimetière. «Mais je ne me laisse pas inhumer dans le chagrin.» Quand elle a rendu l'âme, j'ai demandé qu'on prenne sa photo, sur son lit, à la maison. Elle souriait, comme si elle plaisantait de cette escapade.

*

C'est ici même, en Normandie, de la fenêtre de la maison, que l'on voit les plus beaux nuages d'Europe, prétendait-elle quand on lui parlait de voyage.

*

Lorsqu'on est vieux et que l'on n'a plus grand-chose à faire, pour ce que l'on fait, il faut du temps. À cet âge, le temps s'offre pour qu'on le prenne, et que, dans de petits emplois, il s'oublie. Prendre le temps de perdre son temps est un art de vivre, lorsque la vie s'en va. L'ennui est une sorte de divertissement auquel je me consacre sans relâche, comme s'il ne m'était pas imposé.

*

Beaucoup de mes anciens collègues parmi mes contemporains s'occupent en occupant des présidences honorifiques. On les entend colloquer au sein de Bureaux d'études, de Sociétés philanthropiques et autres «Comités Théodule». J'évite ces rencontres où chacun scrute les défaillances du voisin comme il surveillait jadis ses promotions. Je sais à quoi m'en tenir. J'ai mieux à faire.

*

Mon idéal serait de faire le bien sans me donner de mal. Je suis un Français moyen.

*

J'aimerais aussi supporter d'être mortel en me bornant à le savoir.

*

Le langage que l'on tient aux vieillards s'apparente à celui qu'on réserve aux enfants. Tous deux sont pleins de bons sentiments et dépourvus de grandes idées. On ne se fatigue pas beaucoup les méninges dans ce tête-à-tête où fleurissent les joliesses. Je ne m'en offusque pas et plutôt m'en amuse, comme d'une confusion de style. Certains de mes visiteurs poussent le scrupule jusqu'à éviter la moindre annonce, le plus mince débat, pour mieux se réfugier dans les suavités de la sympathie. On les croirait soucieux de devancer le moment où, ayant perdu ma mémoire, égaré ma raison, je m'en remettrai aux ressources du cœur pour honorer leur compagnie.

*

Je me rends compte qu'à force de fréquenter les gens de bonnes manières, on prend un mauvais pli : on les bouscule ou, pire, on les néglige. On peut se le permettre, ils ne protestent pas. Être cavalier, avec eux, ne porte pas à conséquence. Ils sont si bien dressés ! Ne nous gênons pas. Tandis qu'avec les malotrus, les mal embouchés, il faut faire gaffe, bien se tenir.

Ainsi le savoir-vivre a ses effets pervers dans ce monde à l'envers.

*

« Il y a autant de différences entre un auteur et son livre qu'entre une oie et un foie gras. »

J'adopterais volontiers cette pensée si elle était formulée en termes moins vulgaires. Prenez par exemple de grands écrivains, Proust, Céline, Rousseau, Flaubert, Stendhal. Leurs livres sont immenses, en effet, tandis qu'eux ne le sont pas.

Les merveilles de l'art n'ont pas d'explication naturelle. Ce sont des miracles. Voilà pourquoi leur étude critique est si souvent vaine : elle se plaît à fouiller le passé des auteurs pour y trouver leur secret, elle en fait l'historique, ce qui n'est pas sans intérêt, mais elle ne peut pénétrer le génie du chef-d'œuvre qui défie l'analyse : il est évident.

V

Je regrette le vieux monde où j'étais chez moi. Je crains le nouveau monde où s'introduit mon âge, et dont l'avenir le déloge.

*

Car il y a deux choses qui se conjuguent mais ne se confondent pas. Il y a d'abord la décadence, qui opère sur le corps et sur l'âme, sur l'ostensible et sur l'obscur, adieu mon cœur d'enfant, ma mémoire d'antan, ma bonne humeur, ma jeune prostate. Il y a ensuite la régression, recul insidieux de ce qui fut mon monde, dépassé par le galop d'un temps qui fait du vieillard un vestige.

Je reçois quelques amis au salon. Un téléphone sonne : appareil portable. C'est celui d'une invitée. Elle le cherche dans son sac, ne le trouve pas, s'énerve, le découvre enfin. S'ensuit un aparté de dix minutes avec le quidam invisible. Dans la salle, tout le monde s'est tu. Le baratin prend fin, on peut enfin passer à table. Le compagnon de l'invitée, à peine assis, se lève. Il ne porte ni veste ni cravate, mais il a chaud. Il ôte son chandail. Interrompue à nouveau, la conversation reprend mal. Un autre convive s'éclipse : il a un rendez-vous. Ainsi se déroule la soirée « très sympa ».

Cloué sur ma chaise, je souffre d'anachronie : je suis de mon temps et mon temps est ancien. Il l'est chaque jour davantage, si bien qu'on croirait qu'il recule : c'est le cas aujourd'hui.

*

Tout d'abord, pour se garder des dégâts de l'âge, on a recours à des masques, des maquillages, toutes sortes de mensonges. Puis on s'aperçoit qu'ils vous déguisent et vous défigurent. On abandonne ces singeries pour revenir à la vérité de l'enfance. On a fait un grand pas vers soi-même.

*

Il faut être mort pour que nos jours ne soient plus en danger. Tel est le fin mot du courage. Jacqueline, qui n'était pas en reste, me le disait souvent. C'est aussi le fin mot de la vie.

*

J'ai entendu le vieil Alain dire à ses élèves de khâgne : « Le pessimisme est d'humeur, l'optimisme de volonté. » L'observation est une leçon que l'on devrait s'administrer chaque jour, et plus souvent encore, à mesure que le temps nous dégrade.

Alain écroulé parle à Martin croulant. Ils échangent des préceptes de vie.

*

Il est très difficile à un vieillard, bien qu'il mesure ses disgrâces et en supporte l'humiliation, de ne pas s'arroger deux privilèges exorbitants : le droit aux égards pour sa personne, et au respect pour sa parole, comme si le passage du temps lui conférait un grand mérite et lui octroyait une égale sagesse. Il profite abusivement d'un préjugé tenace, millénaire, qui allait de soi dans les cavernes de la préhistoire et fait encore la loi. Exemple inouï de longévité !

Martin se croit indulgent, bonasse, observez-le de près. Il note les jeunes qui ne lui cèdent pas leur fauteuil au salon, ou qui lui coupent la parole quand il est un peu long. Naturellement, il n'en dit rien.

*

Si le monde a coutume d'écouter l'expérience, c'est sans doute qu'elle expose son savoir, mais aussi qu'elle bénéficie du prestige de son ancienneté.

*

Il arrive à la pensée de manquer d'idées. Elle est néanmoins une pensée.

*

Un esprit fécond a besoin de faconde pour s'affirmer. C'est ce que je pensais autrefois. Nous dînions entre amis. Nos débats foisonnaient d'un brio que décorait leur logorrhée. Ces joutes étaient notre jouvence. Il n'en est plus de même aujourd'hui. J'abomine le verbiage et l'aperçois partout. Je m'approche du silence dont cependant j'ai la hantise.

*

Il est vrai que les conversations pour ne rien dire ne me disent plus rien, et que les autres, celles qui se disent sérieuses, me cassent la tête. Quand j'entends des voix au salon, j'ai toujours peur que ce soient celle de la baronne de Racontar, née Patati-Patata, et celle de son vieil amant, le colonel de Mauvèze-Lang, qui fourre son nez partout. Je les fréquentais volontiers autrefois. Je les évite à présent. Quant au professeur Argutie, membre de l'Institut, et son ami Maître Cuistre, ne m'en parlez pas. Je ne leur parle plus : leurs coq-à-l'âne sentent la basse-cour. Beaucoup de coqs et de grands ânes.

*

De nos jours, tout le monde se tutoie et tout le monde s'embrasse. Ma mère n'embrassait Armande, la cuisinière, qu'une fois par an, à Noël, mon père serrait la main du chauffeur et l'appelait « mon brave Georges », en cérémonie, dans le grand salon. L'émotion était franche. L'affection se célébrait avec une solennité qui en consacrait le prix.

*

Mon père et ma mère se vouvoyaient en s'appelant «mon ami». Sauf certains soirs après-dîner, où ils envoyaient coucher les enfants et demeuraient au salon. Je les entendais se tutoyer et je me demandais le pourquoi de ce changement de ton qui me rendait mal à l'aise et presque malheureux.

*

Le petit garçon que j'étais se voyait interdire l'entrée à la cuisine. L'interdiction venait non des parents, mais de la cuisinière. «À chacun sa place», ronchonnait-elle. J'étais «le jeune Monsieur» à qui, de temps en temps, on flanquait une gifle.

*

On se gaussait (*allegro ma non troppo*) de la Dame qui racontait: «Figurez-vous que le valet de chambre, pour mon anniversaire, a voulu me baiser la main. Je n'ai pas refusé, mais je lui ai tendu deux doigts seulement.»

La carte de visite de son mari mentionnait, sous le nom et le titre: Propriétaire terrien, Membre d'ordres nationaux, Correspondant de sociétés savantes.

*

Les paroles ont une date. Elles ont aussi un âge que je leur attribue.

Saint Augustin *dixit*: «Celui qui se perd dans la passion a moins perdu que celui qui perd sa passion.» Confession de jeunesse, vieille de quinze siècles.

«Le monde extérieur n'est pas chauffé»: réflexion ancestrale, entendue hier.

*

Dumas fils *dixit*: «Mon père est un enfant que j'ai eu lorsque j'étais petit.»

Je pense au mien, mort lorsque j'étais adolescent. Il appartient à ma jeunesse, dont il a gardé l'âge. Ainsi les souvenirs, voyageant du passé au présent, subissent leur décalage horaire: il faut leur pardonner les confusions qui dérangent leur chronologie.

*

Radotages et chipotages sont les plaisirs des vieux témoins. J'ai toujours vu mes oncles et tantes en donner l'exemple. Dans ma famille de province, on s'en serait voulu de déroger au bon usage.

À ma manière, je perpétue la tradition.

VI

Jean célèbre ses quatre-vingts ans. Il vit en pleine campagne dans sa maison des Pyrénées. Maria, sa femme, n'a plus toute sa tête et tient mal sur ses jambes. Lui-même est d'une santé fragile.

Il a entrepris une longue étude sur l'*Iliade* et l'*Odyssée*. Il y consacre ses journées, lorsqu'il n'a plus à s'occuper de son épouse et de la maison. « Heureusement que j'ai cet ouvrage », explique-t-il. On sent, dans son propos, de la gratitude pour le poète aveugle qui vécut vingt-neuf siècles avant lui. Il rend grâce à l'amitié d'Homère.

⋆

Jean et moi nous sommes connus en Israël. Universitaire, il étudiait le Dieu des Juifs. Moi, diplomate, j'étudiais plutôt les Juifs sans leur Dieu et je m'apercevais que, fussent-ils incroyants, ils en avaient toujours l'idée.

Peuple d'élite, renfermé sur lui-même quoique inondé de lumières, se prétendant mal aimé et probablement résigné à l'être bien qu'il juge infamant qu'on l'en soupçonne, comme il m'intrigua, lui, son passé, son destin, sa nature! J'éprouvais pour lui un vif attrait, et j'ai encore une sympathie dont j'ai eu le tort, ou le mérite, de ne pas quêter le retour.

Israël n'a pas vraiment ce qu'on nomme «une histoire», il a plutôt «une mémoire». Ainsi en est-il des Palestiniens, ce qui donne au conflit qui les oppose une intimité viscérale que nous comprenons mal. La remarque n'est pas de moi, mais elle recoupe mon sentiment, et m'invite à beaucoup de réflexion.

*

La facilité du résultat donne à croire qu'on a eu raison. Ce fut la conviction d'Israël, après sa victoire de six jours, ou plutôt de «six heures». Voici ce qu'il pense encore, et dont il paye l'illusion.

*

On dit beaucoup de bêtises sur tout, on en dit donc sur la diplomatie, que je connais pour l'avoir longtemps servie. Le problème vient peut-être qu'elle est à la fois une fonction et une disposition d'esprit. La fonction est contraignante, elle s'apprend. La disposition est de nature. Elle ne s'enseigne pas.

On l'entend définir comme l'art de la dissimulation. C'est tout le contraire. Le diplomate s'efforce de lire la pensée du partenaire, mais surtout veille à ce qu'on le déchiffre sans erreur. Faute de cette double approche, la confiance fait défaut, laissant place au soupçon. La loyauté est essentielle à la fonction. Croit-on que l'on puisse abuser longtemps sans être découvert et subir le désastre de perdre son crédit ?

Quelle est la mission d'un diplomate ? Elle est triple, comme on le sait depuis des siècles : il est un représentant du Prince, l'avocat de ses intérêts, l'interprète (on disait autrefois un drogman), cherchant un langage commun. Plaider sans flagorner, personnifier sans plastronner, traduire sans maquiller, demande plus de bonne foi que d'intelligence. Il ne faut pas être malin. La dignité et la discrétion fondent cette carrière que l'on dit comédienne. Les politiques ne l'apprécient guère, et on ne peut s'en étonner. Ils ne seraient jamais élus s'ils pratiquaient ces deux vertus.

*

Au Cameroun, sur instruction de Paris, j'avais protesté contre l'attitude du ministre des Affaires étrangères, qui avait aux Nations Unies pris position contre nous au sujet de Djibouti. En conséquence le Président avait limogé son ministre. C'était pour moi un succès. Mais, du coup, je devais aussi m'en aller, ne pouvant être l'envoyé étranger qui avait fait plier le gouvernement national. Règlement de compte? Plutôt échange de bonnes manières.

*

Je me souviens d'être passé en quelques jours de la fonction publique au mandat électif, autrement dit du service de l'État tout-puissant à celui de la Nation souveraine, et de Paris à la Province.

Dans les bureaux de la capitale, j'avais entendu ceci: «Les élus locaux n'ont jamais ouvert un dossier, ils ne connaissent rien.» Dans les assemblées de province, j'entendais cela: «Les technocrates des ministères n'ont aucun sens des réalités du terrain, ils ne comprennent rien.»

Ce qui permettait aux premiers de répondre aux critiques: «Moi, j'étais d'accord, mais les élus n'ont pas suivi», et aux seconds de dire: «Moi, je pensais comme vous, mais les fonctionnaires n'ont pas marché.»

Connaître, comprendre. Deux méthodes, deux milieux, deux mondes, chacun avec ses prétentions, ses préjugés. La décision se glissait entre les deux et s'y trouvait à l'étroit, mais elle était acquise.

Cela se passait au XXe siècle, dans la France d'alors. Après deux cents ans, Girondins et Jacobins n'avaient pas vidé leur querelle.

VII

Au cours de ma carrière, j'ai varié mes postes, donc mes positions et mes postures. Je me suis enchanté de ces mouvements qui, chaque fois, comblaient les curiosités de ma jeunesse.

Après avoir parcouru les mers, j'ai pris racine. Je suis devenu vieux. L'âge, qui a changé ma vie, a changé ma vue. L'avenir ne me dit rien qui vaille. L'innovation me déconcerte. La répétition me rassure, en fabriquant du temps à l'identique. J'obéis aux habitudes, je me plie aux routines, je fuis les avatars et leurs aléas, comme je hais les dérangements. Déplace-t-on ma brosse à dents sur l'étagère du lavabo que je la cherche en protestant : « On a bouleversé mon univers ! »

⋆

Passer de l'attrait pour la nouveauté à l'aversion pour ses surprises n'est pas une révolution anodine ou insensée : elle traduit la peur que je combats pour qu'elle ne devienne angoisse. À la veille du départ qui m'attend, me serait-il possible de retrouver l'émotion palpitante et naïve que j'éprouvais jadis à l'approche de mes voyages? Voici la question essentielle qui se pose pour moi, quotidienne: la pratique de l'adieu et celle de la découverte.

Lorsque j'avais quinze ans, au sein de ma famille, je me disais tout à coup: «Partir...» Et je m'élançais dans le rêve.

*

«Un évêque n'a pas plus besoin d'être dévot qu'un général d'être vaillant.» Voilà une pensée qui eût scandalisé mes parents. C'est tout juste si elle me fait sourire. Je suis effaré de cette évolution.

*

C'est une grande niaiserie que de vouloir précipiter l'allure de son bonheur. J'aurais dû le savoir plus tôt.

*

Heureusement, nous avons nos illusions pour nous guider. Ce ne sont ni des farces, ni des fugues, ce sont des forces singulières, dont certaines sont capables de survivre à tout. J'ai été, par exemple, l'illusion de ma mère. C'était pour elle une certitude que rien ne pouvait ébranler. C'était pour moi une sorte de carcan que j'endossais, un portrait auquel je devais ressembler. J'ai fini, après sa mort, par le faire mien, et par être ce qu'elle eût voulu que je fusse.

*

Je dois à mon âge, à mon passé, aux usages du milieu où je vis, d'être l'objet de maintes attentions. J'en suis conscient et reconnaissant. Ce n'est pas que j'en raffole, mais je n'aimerais pas en être privé, peut-être même en serais-je offensé. Étrange sensibilité de certains sentiments : un manque d'égards m'affecterait bien plus que leur pratique ne me contente.

*

Un de mes oncles avait invité chez lui son camarade de l'X, le maréchal Foch. J'étais présent. « Nous vous recevons simplement, en famille », minauda ma tante. « Un peu de cérémonie ne me déplairait pas », répondit le maréchal, enchanté de sa repartie.

À présent, j'évoque ce souvenir du vieux dignitaire lorsque je passe devant sa statue triomphale au Trocadéro. « Un peu de cérémonie »... À cheval, il domine Paris, et sa foule aussi débraillée qu'un régiment d'arsouilles qui défile, en vadrouille.

*

Ma raison a des ruses dont il lui arrive de se réjouir, mais qu'elle s'empresse de dissimuler. Il lui semble qu'elle doive se montrer besogneuse, sévère, un peu guindée, bref avoir bon genre pour être prise au sérieux.

Principe de mon éducation bourgeoise qu'il m'est difficile de renier tout à fait.

*

Le commerce des relations dont ma vie fut emplie et parfois encombrée doit beaucoup aux réceptions qui s'y prodiguaient. J'en ai oublié la plupart, mais pas la dernière.

C'était peu de temps avant ma retraite, lors d'une fête à l'Hôtel de Ville, en l'honneur d'un chef d'État étranger qui m'était indifférent. Dès l'arrivée dans la foule, je me suis senti brusquement seul et assommé. J'avisai un invité qui me paraissait perdu, comme moi. Je croyais le reconnaître : c'était sans doute l'Ambassadeur du Pérou. Je lui demandai donc des nouvelles de Lima. Il me répondit aimablement qu'il n'en avait pas beaucoup, et à son tour il m'interrogea sur l'économie suédoise. Je lui dis ce que j'en savais. Nous échangeâmes ainsi nos réflexions courtoisement, sans déplaisir. Pourquoi le Pérou, pourquoi la Suède ? J'appris par la suite qu'il n'avait rien à faire avec l'Amérique latine, étant notaire dans les Yvelines, et qu'il m'avait parlé de Scandinavie, où je n'ai jamais mis les pieds, parce qu'il m'avait pris pour un banquier de Stockholm. Nous ne pûmes accéder au buffet, dont une escouade de Walkyries bruyantes défendait les abords. N'empêche. C'était somme toute une bonne soirée.

Elle me fait penser à tant d'autres qui lui ressemblent, et dont je ne fais plus le compte.

⋆

Non, Martin, détrompe-toi, il n'est pas raisonnable de croire que les pyramides ont été inventées par un maçon qui voulait travailler de moins en moins.

⋆

Nous gravissons allègrement les cinq étages de l'immeuble, nous montons sur nos grands chevaux et pouf! Nous nous foulons le pied en descendant du trottoir. Ce n'était pas notre faute. On n'en sait pas plus...

⋆

Un collègue de Martin, chef de poste dans un pays d'Afrique, racontait: «J'ai sauvé la vie du chef de l'État qui était menacé par un complot de colonels, il s'est réfugié de nuit à l'Ambassade d'où il a pu rétablir la situation. Me voilà donc bloqué, je suis le sauveur dont il ne peut plus se séparer.»

Peu de jours après, le Président africain s'est envolé pour Paris, et s'est empressé de demander le départ immédiat de l'Ambassadeur.

Il est des secours que l'on ne pardonne pas à ceux qui vous les ont portés.

*

Il y a plusieurs années, passant rue de Ponthieu, Martin a aperçu un important ministre de l'époque, raide comme la Justice, sévère comme un pasteur protestant, qui sortait d'une maison close, en compagnie d'une nana à peau brune. Leurs regards se sont croisés. Il fit comme s'il ne le voyait pas. Il avait rendez-vous avec lui dans l'heure suivante. L'entretien fut glacial. Ils ne se sont rien dit.

Depuis cette date il y a toujours eu, entre eux, une certaine incompréhension.

*

Histoire véridique et vertueuse, à ne pas méditer.

En 1793, les deux ancêtres bretons de Nadette, deux petits aristocrates paysans, furent convoqués par le Comité de salut public, à Paris. Le premier fit la route à cheval, pour plus de confort. Il arrivera sans encombre devant le Tribunal révolutionnaire, qui l'expédia sur l'échafaud. Le second, qui répugnait à la dépense, choisit de faire la route à pied, bien qu'il fût pied-bot. Il claudiqua péniblement jusqu'à Paris. Lorsqu'il atteignit les faubourgs, la chute de Robespierre avait mis fin à la Terreur. Il avait la vie sauve.

Il revint chez lui, boitant de plus belle, et mit un

cierge à la chapelle pour remercier la Providence de l'avoir fait infirme. Au village, on le traita de miraculé. Sa difformité fut l'objet d'une vénération. Il mourut en odeur de sainteté et l'on fit de lui le patron des retardataires. Le poste, en effet, n'était pas pourvu.

VIII

Ce qui n'est pas réfutable n'est pas du domaine de la raison. Je devrais plus souvent passer à ce crible mes assertions suspectes.

*

Ma spéculation cherche moins à connaître qu'à classifier. Mettre en ordre, suivant un certain ordre, me donne des satisfactions d'intelligence.

*

L'ordre fut l'impératif de mon éducation, le maître mot de ma pensée, avec sa figure de dieu binaire et bicéphale, commandeur d'un côté, aménageur de l'autre, imposant ses sommations et inspirant ses harmonies. Il régnait sur la terre comme au ciel, dans les consciences et dans l'univers. Il était le parti pris du Tout-Puissant.

Son contraire, le désordre, était donc démoniaque. Il se nommait cataclysme, révolution, adultère, dérèglement de toutes sortes. Le désordre faisait honte, il faisait peur, et parfois envie aux esprits pervers.

En résumé, l'ordre était dans la nature des choses et même la défaite, le recul, l'abandon devaient être un repli en bon ordre. Il était le fondement de l'État. La République lui avait donné comme compagne la Liberté, le ménage était difficile, mais il était le chef de famille, c'est lui qui dictait la loi. La Liberté n'était que le sourire qui vivait sous son toit.

*

J'ai vécu une époque de la nation où son avenir se défendait d'être un risque et se voulait un plan. Il y avait même un ministère portant ce nom pour s'en occuper. J'y avais des amis.

Notre pays souffre aujourd'hui d'un désarroi, une crise d'identité comme on dit, il s'interroge sur ce qu'il est et s'inquiète de ce qu'il sera : européen, atlantique, mondial, dominant ou effacé, laïque ou chrétien, accueillant ou verrouillé, on peut allonger la liste…

Le malaise vient de loin, il a mûri tout au long d'un siècle marqué par ses deux guerres, la tourmente de mai 1968 en a précipité le cours. «*Il est interdit d'interdire*», ce slogan amusant a inspiré à la jeunesse une révolution de son rêve, qui la menait tout droit vers le désenchantement.

Peu de temps après, la loi mettait fin au service de la Nation en armes qui, jusqu'alors, avait rassemblé, brassé, encadré, discipliné les caractères des citoyens. C'était l'école de la Patrie qui fermait ses portes. Le Français n'était plus un soldat, mais un contribuable qui ne défendait que son bien-être et ne gardait que ce repère.

*

On s'affole à présent d'un progrès dont nos parents bénissaient le génie. Progrès devenu souverain, implacable, arrogant ; que nul ne maîtrise, qui impose sur la terre ses bienfaits autant que ses effets pervers, pollue et assainit, condamne et sauve, rapproche et oppose, bouleverse nos manières d'être ou de penser, et ne s'arrêtera pas en chemin.

*

Martin s'arrête sur ces mots. Il vient de regarder ses pieds et a constaté que ses ongles trop longs menaçaient de le blesser. Or, il se souvient. C'est à propos de pieds qu'il a réalisé les premières dépendances imposées par son âge : il ne pouvait plus atteindre ses orteils sans se meurtrir le dos et avait besoin d'aide pour ce geste tout simple, ordinaire, familier... Appeler qui ? Bibi ? la femme de Bibi ? Problème... Le pédicure habitait loin...

Par la suite, d'autres incapacités se sont révélées : sortir de la baignoire, monter sur l'escabeau. Il a pris l'habitude de se faire assister. Il ne fait plus un mètre sans s'appuyer sur une canne.

*

Les matins de Martin sont bien réglés mais sans minuterie. À petite allure, en s'arrêtant souvent, il a fait son brin de toilette, enfilé ses vêtements (le plus terrible est de chausser les chaussures), regardé son courrier sans l'ouvrir, déplié son journal sans le lire. Auparavant, il avait fait trois petits mouvements de gymnastique (rotation du buste, flexion des genoux, extension des bras), puis éternué à la fenêtre en la refermant aussitôt : l'âge l'a rendu frileux.

« Comment se présente à présent le présent ? Il représente un jour d'été, sans qu'on puisse dire s'il fera présent d'une soirée présentable. En attendant, je me présente au salon où Michelle m'attend.

Présent, présentation… mots-clés de la magie du monde.

Martin pratique volontiers ces vocalises de langage, ces jeux de verbe, ces roulades et autres turlutaines qui, croit-il, sont des exercices profitables à l'esprit. Car il a le culte des mots. Adolescent, il se prenait à ceux dont il enchantait ses jeunes amies. Il s'en grisait, leur magie l'emportait, il n'en revenait pas. Elles touchaient terre avant lui.

Il n'a pas changé : les mots lui chantent chacun leur histoire.

Il en fait collection, les range et les dérange

comme des bibelots de l'étagère, il leur donne un poids, une forme, une grâce. Mots de vieil usage, nimbés de poésie, dotés de savoir-dire. Mots assemblés, composés, contrastés et couplés, pourvoyeurs d'idées, vecteurs de sentiments? Comment ne pas les révérer? Ils sont notre histoire, notre richesse, notre âme. Ils sont nos serviteurs et aussi nos seigneurs. Ils sont nos aïeux.

Martin est toujours prêt à réciter leur litanie; par exemple, ce matin, il marmonne:

«À brûle-pourpoint, à tire-larigot, à cœur perdu, à plate couture, à bon escient, à la queue-leu-leu, à la cloche de bois. On a beau dire.»

Ou encore:

«À juste titre, un boute-en-train, à la fortune du pot, au four et au moulin.»

Ou bien encore:

«À bâtons rompus, dès potron-minet, l'échappée belle.»

*

Trésor en péril. Patrimoine en déshérence.

Honneur à ceux qui le protègent, bec et ongles!

RECUEIL DE MIDI

I

Quels que soient les bienfaits de ces occupations, ils ne font pas de miracles. Ils ne sont que des soulagements. Martin se reconnaît un certain mérite à supporter sans trop broncher les heures vacantes et bonnes à rien de son destin. Que faire d'autre ? Pleurer pour les occuper ? C'est une tentation. Mais alors on se dit malheureux, on se croit accablé, on en devient hargneux. Ce qui n'arrange personne.

Faire et défaire, on n'en a plus le goût parce qu'on n'en a plus la force. Reste à laisser faire. Le grand âge est celui de la soumission : « Oui, Monsieur, vous avez raison. » « Oui, Madame, je vous crois. » Oui aux soins qui font du bien, oui aux coups qui font du mal, on ne pouvait les éviter. Oui aux douleurs et aux calmants. Oui à tout le monde, merci, mon Dieu, je suis encore debout.

*

Cet «amen», il le réserve pour la façade. Le «non», il se l'adresse. Dans le petit royaume de son état d'esprit, Martin fait la police à la manière du chien de garde qui maintient le cheptel dans le pré carré. Il guette le troupeau de ses humeurs pour ne pas qu'elles se perdent du côté des souvenirs qui blessent, des tentations qui trompent, des peurs qui pétrifient. Il n'y parvient pas tout à fait. Il s'y efforce en tous les cas, et morigène.

Il imite sa mère, lorsqu'il était enfant, qui ne le quittait pas des yeux dans le jardin public: «Ne t'éloigne pas trop, fais attention à toi, mon petit homme.»

*

Devant lui, à droite, à gauche, lui apparaissent les mondes dont il n'a plus l'accès. Le monde des ambitions, des vocations, des aventures, des jeux du stade, des kermesses de l'alcôve. Le monde des périples lointains, du supersonique, de l'électronique. L'âge est une tare, un handicap. Il n'est pas seulement celui des soumissions, des précautions. Il est celui des exclusions dont il ne compte pas le nombre et qui, sans doute, s'accroissent avec le temps. Trilogie qu'il se répète, comme un programme, et qui prononce sa fatalité: soumission, précaution, exclusion.

*

Reste le reliquat de ce qui reste, le résidu, le relief auquel il faut se résigner : le déroulement de la journée inerte, le devenir sans impulsion, le laisser-aller du cours des choses. Martin s'en contente parce qu'il peut se prévaloir de deux fortunes, deux bonnes fortunes qui le sauvent de l'abandon : curiosité du monde et dévotion du cœur, le legs de sa mère et le don de Michelle.

⋆

Il ne veut pas s'appesantir. Il sait que certaines réflexions, poussées trop loin, mènent à la défaite de l'entendement et à la déroute de l'âme. Heureusement, il a gardé de son temps de lycéen une agilité de l'esprit qui l'aide à se dégager des chausse-trappes et autres guets-apens du cogito. Il ne craint pas les pirouettes de l'exercice mental, au contraire il leur fait fête. Son naturel n'est pas de ratiociner. On a pu le croire léger autrefois. Ce qui fut son péché est à présent sa sauvegarde.

⋆

On a bien vu qu'il passe ainsi d'un sujet à l'autre, d'une galéjade à une méditation, il peut gémir : « Le mal est sans pourquoi », et tout de suite après chanter « *Mignonne allons voir si la rose* ». La kyrielle est décousue, mais pas incohérente. Qu'il s'agisse de la pluie ou du beau temps, du sexe des anges ou de la rhétorique des illettrés, un thème, un souci, un émoi, un problème demeure.

Toujours présent, obsédant, dominant, qu'il soit sous-entendu ou surexposé. Martin n'a plus qu'une idée en tête, même quand il ne pense rien : l'achèvement de Martin.

⋆

De plus en plus, une intelligence dépourvue de chaleur le rebute. La froide raison le glace. Est-ce un signe de sagesse ou de sénilité ? Les vieillards ont la larme facile. Il aimerait en débattre avec ses contemporains, mais ils décèdent l'un après l'autre. Lorsqu'on est un ancêtre, on n'a plus que des enfants autour de soi.

Dans les livres qu'il se fait lire, il salue l'émotion qu'ils provoquent, bien plus que la clarté qu'ils répandent. Ce qui était jadis un penchant est devenu une exclusive. La dialectique le fait bâiller. Ne parlons pas de la théologie, qui réduit Dieu à un concept ! Ce sont de vains exercices qu'il ne pratique pas. Il préfère ses jeux de mots.

⋆

J'étais attiré, jadis, par les livres épais, peuplés de phrases lentes, porteuses comme la houle de mer, que je parcourais prestement afin d'en parler ensuite. Je suis tenté maintenant, à l'inverse, par des livres minces, aux formules rapides, comme les clapots des marées qui secouent les tripes, et qui exigent de réduire l'allure. Les grands formats à la mode aujourd'hui m'indisposent, comme les délayages et les sauces en cuisine. Ils me pèsent sur l'estomac et me font passer de mauvaises nuits. Je cède désormais à ce réflexe paradoxal : m'attarder sur ce qui est bref. Des exemples :

« Nous avons eu beaucoup d'enfants. J'étais sujette à, et mon mari porté sur », expliquait la voisine corse. Ainsi exposait-elle toute l'histoire de sa vie.

« À vendre : robe de mariée n'ayant jamais servi. » Le désespoir en quelques mots.

Et rose, elle a vécu ce que vivent les roses.

★

J'entends Jacqueline, sur la Montagne du Sinaï que nous gravissons ensemble, me relater l'histoire du Monde. « Au commencement était un dialogue entre le Créateur et sa créature. Le sujet était double : la puissance et la mort. Depuis ces temps anciens, le dialogue n'a pas cessé ni changé de propos. »

★

« La foi est la vérité qu'on espère » : la remarque s'applique au sacré, mais aussi au profane. Les programmes sont des actes de foi, mes projets le sont aussi. Ma vie auprès de toi, Michelle, est profession de foi dans les bénédictions de l'automne.

★

« La dictature du prolétariat, me disait Thorez, le Secrétaire général du Parti communiste, c'est vraiment l'épanouissement du peuple régénéré. » Il prêchait ainsi, à Moscou, d'une voix grasseyante. Je croyais entendre un prélat romain évoquant la Providence.

*

Maître Eckart enseignait que l'homme ne doit pas se contenter d'un Dieu qu'il pense, car lorsque sa pensée s'évanouit, Dieu s'évanouit aussi.

Mais alors ?... Gide avance : « Il faut se garder de chercher Dieu ailleurs que partout. »

*

« Dieu ? » Je devrais dire « les Dieux » car chacun a le sien dans l'étendue du monde, ou la durée du temps. Et moi, suis-je assuré d'avoir prié le même, tout au long de ma vie ?

Si je dis « les Dieux », j'en limite, pour chacun, le règne et le royaume. Or Dieu, par nature, est universel, éternel, tout-puissant, donc unique. Il n'a pas non plus de vertu, il n'est pas le bon Dieu ou le juste Dieu, pas plus qu'il n'est mon Dieu. Il est Dieu, que je sache !

Mais je ne sais rien, petite tête que je suis. L'idée d'un Dieu qui me regarde me semble insoutenable, celle d'un Dieu qui ne me regarde pas m'est insupportable.

*

On peut être l'historien sagace, l'analyste sévère de la pensée religieuse, mais on ne peut parler savamment de Dieu. Le sens du sacré n'appartient pas au domaine de la connaissance. Le sens, c'est-à-dire trois notions en un seul mot : la direction à suivre, la signification à dégager, la sensibilité à éprouver. Le sens du sacré est l'apanage des poètes, des musiciens, des peintres, des bâtisseurs. C'est une grâce.

*

Lorsqu'il y a longtemps déjà, au sortir de mes études, j'ai entrepris de classer ma bibliothèque, j'ai longuement hésité avant de trouver la place des livres saints hérités de ma famille. Les mettre au rayon de la philosophie me semblait, a priori, judicieux. Les placer du côté de l'histoire se justifiait aussi. J'ai finalement choisi le rayon des poètes. Les premiers volumes de la Bible, par exemple, voisinant avec *La Chanson de Roland*, devenaient la geste de David, les dits de Salomon, livres merveilleux parmi les *Livres des merveilles*, textes qu'on peut dire inspirés, ayant inspiré en effet des multitudes au cours des millénaires.

II

Tout au long de mon existence, je me suis beaucoup trompé, dans les deux sens du terme. D'abord j'ai fait souvent erreur, par négligence, par sottise, comme tout le monde, sans le vouloir évidemment. Surtout, je me suis menti, volontairement. Je me dupais moi-même pour m'encourager, pour me consoler – oui, j'étais le meilleur, non, je n'aurais pas dû perdre. Je me croyais sur parole, j'étais mon beau-parleur.

*

On aimerait être fier de ceux qu'on aime. Ce thème des rapports entre l'admiration et l'amour ne peut être traité à la légère. Il envahit notre littérature dont il accapare l'esprit depuis des siècles. Il me trotte dans la tête, je l'avoue.

Je n'ai jamais tenu la balance égale entre les deux inclinations. Le plus souvent, hélas, je me suis satisfait d'aimer sans admirer. Je cédais à la facilité. C'est elle qui l'emportait. Sauf en deux occasions.

La première fut superbe et tourmentée. Elle dura longtemps. Elle ne s'interrompit que par le deuil. Jacqueline avait un don, celui de l'exception. Elle faisait preuve d'une singularité naturelle, qui la distinguait du commun. Belle sans fards et sans afféterie, ses gestes, ses paroles, ses choix affirmaient une noblesse unique, une manière souveraine et libre de se tenir dans la vie, d'aborder les puissants ou les pauvres, les malheurs ou les joies.

Et voici qu'aujourd'hui me vient une seconde expérience. Michelle, pour d'autres motifs et d'une autre façon, devant toi je m'émerveille et m'attendris.

⋆

Dixit Chateaubriand, l'enchanteur: «J'ai mes brouillards et mes beaux temps au-dedans de moi.»

Au-dedans de moi: seul lieu où se puissent garder les lumières de l'aube, rêve le vieux Martin qui n'y voit plus clair et que la nuit menace.

⋆

Ce que je fais chez Michelle à la campagne? Rien, ou plutôt l'essentiel: je réchauffe mon âge à la lueur du feu que j'attise.

⋆

Elle traverse une mauvaise passe en ce moment. Insomnie, dépression. Je la plains, elle s'excuse.

Son fâcheux état concourt au bon état de la communauté que l'attendrissement affermit... Comme une faille qui conforterait le mur porteur de la maison. L'architecture des sentiments a ses propres aplombs.

*

Elle est mon silence, je suis sa solitude. Nos soirées sont comblées. Et cet état me semble naturel, comme un simple bien-être, alors qu'il est un bonheur. Ignorer la grâce : est-il plus grand péché ? J'en suis coupable.

III

La vieillesse se signale lorsque l'on croit que le jour qui s'annonce n'apportera rien de bon. Le temps ne promet plus de remède. On cesse de dire: «Les choses iront mieux demain.» On sent qu'elles ne le peuvent plus. La frontière entre ces deux étapes se franchit en un rien de temps.

Pour moi, quelques minutes ont suffi: l'éclat d'un éblouissement, un matin de printemps, le médecin qui me dit: «Ce n'est rien, une petite attaque cérébro-vasculaire qui ne laisse pas de traces.»

*

Soyons simples: la vieillesse, c'est quand arrive le moment où l'on n'y arrive plus.

*

Déclin et déglingue vont ensemble, comparse et compagnon. L'un est masculin, l'autre féminin. L'un dégrade, l'autre désorganise. Ils passent leur temps à se faire des niches.

*

Dans les grandes épreuves, il faut vivre comme un rat, au fond du trou. Ne pas s'aérer. S'étouffer de malheur. S'en griser. Quel chagrin ce serait d'être consolé ! Je me souviens de l'agonie de Jacqueline, et du téléphone qui sonnait.

*

Ma vue baisse, mes oreilles flanchent, je titube en pesant sur ma canne. Lorsque je serai tout à fait sourd, que je ne verrai plus clair et ne marcherai plus droit, que mon univers sera borné par des infirmités et réduit comme peau de chagrin, il ne me restera qu'à sourire d'un air béat pour ne pas faire peur à ceux qui m'aperçoivent, comme ces impotents que je croise dans leur petite voiture, poussés par un parent charitable, et qui se dérident en me voyant, pour me rassurer gentiment : « Je ne vais pas si mal, je prends l'air. »

*

« J'ai toujours su qu'il nous était prêté et que nous aurions à le rendre », dit Jean Cocteau à la mort de Radiguet, son ami. Bouleversant Requiem. On y sent l'immense douleur, la pudeur d'un grand amour, la fatalité du destin. Le mystère de l'au-delà.

J'ai rencontré Cocteau à Londres. Virtuose,

mondain, ambigu, il était fasciné par les yeux de Margaret, et plus encore par son rang de princesse. Il m'agaçait, m'éblouissait. Il représentait ce qui m'attirait et que je me refusais d'aimer. Je connaissais, de l'auteur, l'écriture superbe. J'ignorais qu'elle pût être sublime. Aujourd'hui, je me récite la phrase que j'ai citée. Elle est, pour moi, une larme qui n'en finit pas de couler.

*

De tous les êtres que nous fûmes, lequel sera le responsable ? Jugement de Dieu, bon, c'est son problème, mais jugement des hommes, en attendant ?

*

Dixit Borges : « Tout homme est deux hommes, et le plus vrai c'est l'autre. »

Martin acquiesce. Mais pourquoi seulement deux hommes ? Il songe à lui : Alceste et Philinte, anarcho et réglo, flagorneur et sincère, aristo et prolo, tour à tour, à la fois ; la chatte, la jolie chatte qui a mis bas, n'y retrouverait pas ses petits.

*

« Les choses importantes ne lui importent pas beaucoup », dit Martin en parlant sévèrement d'une amie. Il ne précise pas : « importantes à mes yeux ». Il n'y songe même pas. Son innocence est une faute dont il ne se sent pas coupable.

Notre moi se targue d'une candeur naturelle pour excuser son ego.

*

Dixit Boileau : « Quand la conversation ne s'attardait pas sur sa louange, le Roi s'ennuyait. »

Regardez le Président : il s'assoupit. Les critiques ne le réveillent plus, elles lui bouchent l'oreille.

*

Marguerite Yourcenar, jeune professeur dans un collège près de New York, était très soucieuse de ce qu'on pensait de ses livres. Dès qu'on abordait le sujet, ses yeux se fixaient, à l'arrêt. Glaciale, elle vous attendait. J'avais préparé quelques compliments bien troussés à lui présenter tout chauds. Mais son regard me congela. Je lui bredouillai des fadaises dont elle se contenta. Nous sommes devenus, par la suite, des amis, lorsque sa timidité, qui était une forme de pudeur, a cessé de m'intimider.

*

C'est en les cachant que l'on guérit certains maux. Mais cette médecine-là n'est pas à l'honneur. Écoutez les malades, voyez-les s'étendre sur ce qu'ils nomment « leur affection ». On ne peut trouver meilleur terme : « leur affection », ils en parlent comme s'ils en étaient fiers.

*

Je cite Richelieu : « Les peuples sont ignorants à connaître ce qui est utile à l'État. » Je dirais aujourd'hui : « Les peuples sont réticents à connaître... » L'éducation est passée par là.

*

L'autorité, autrefois, s'entourait de faste. Elle se veut, aujourd'hui, sans façons. En abandonnant sa superbe, elle a perdu son sortilège. Elle est devenue foutaise dont on se fout.

Qui respecte, de nos jours, le respect ?

*

Il est naturel d'être exalté par les fonctions que l'on occupe si celles-ci sont élevées. Un homme public parvenu au sommet qui se targue d'être resté le même fait un mauvais calcul. En voulant demeurer un citoyen quelconque, il risque de paraître inférieur à son état et sa conduite finit par sembler impropre, parce qu'elle est tout simplement ordinaire.

*

Fontanes disait à Napoléon : « Le moyen d'augmenter votre grandeur est d'en modérer l'usage. » On sent que cela devait être vrai. Mais que signifie aujourd'hui grandeur ? Par contre son opposé, petitesse, se comprend parfaitement.

★

Nous sommes de plus en plus capables et de plus en plus coupables. Les multiplications vont de pair et respectent l'équation.

★

La fraude, ce mal de notre civilisation, s'empare vite des espaces désertés du droit, pour ne pas dire à l'instant même. La répression, elle, prend son temps. Voilà qui alimente le scandale.

Si la justice s'appliquait sur-le-champ, on lui reprocherait d'être expéditive et de se dénier. Autre esclandre.

★

Les duos ont pour habitude de devenir duels. Dès que l'argent s'en mêle – ou, plus rarement, l'honneur... Le couple franco-anglais a vécu de ces alternances et ne s'en sort pas. Le couple franco-allemand a fait le cours inverse, passant du duel au duo. C'est dire combien ces deux cas sont proches, et prêts à se succéder. Sur ce sujet, les notaires en savent autant que les diplomates.

★

«Vos Altesses convertiront à la sainte foi une multitude de peuples, tout en acquérant des richesses incomparables» (Lettre aux souverains d'Espagne, signée d'un missionnaire catholique).

Du jour où j'ai lu cette lettre, j'ai vu d'un autre œil toute une partie de l'histoire du monde chrétien.

IV

Les pauvres ont aussi des soucis d'argent. Hélas, ce n'est pas un bon mot, mais une observation horrible, une plaisanterie de mauvais goût, disait mon père, pour qui les pauvres, comme les malades, avaient quelque chose de sacré. Ils avaient les honneurs de l'Évangile, l'Église leur ouvrait ses hospices, leur prodiguait ses réconforts, et leur promettait le paradis.

*

Les plus hautes exigences ont souvent recours à de basses pratiques. En politique, on peut même se demander si telle n'est pas la règle. *Ad augusta, per angusta*, notaient les Florentins. La fin justifie les moyens, prétendaient les cyniques. « Les chemins du succès sont bourbeux, disait Jean de Lipkowski, jeune ministre, on doit savoir se crotter proprement. »

*

Martin aurait pu devenir riche. Sa situation le permettait. Il n'y a pas songé. Pendant que sa main droite signait des permis, octroyait des faveurs, sa main gauche oubliait de se tendre. Il est resté intègre par négligence. Naturellement, personne ne le croit, et cependant, il ne faisait pas exception, dans son milieu, à cette époque.

Ses rapports à l'argent sont ténébreux. Il n'aime pas en manquer, il n'aime pas en gagner, il n'aime pas ceux qui le servent. Il en conclut qu'il ne l'aime pas, mais n'ose le dire. Au fond, il a peur de lui, de sa puissance, de son attrait, de ses ravages sur les gens et les choses, et sa peur se camoufle en dédain. Il le méprise pour ses méfaits, oubliant ses bienfaits. Sa duplicité éclate et c'est l'argent qu'il accuse de cette hypocrisie. L'argent, il le fréquente, mais ne le connaît pas.

« Nous ne sommes pas du même monde », disait son père.

⋆

L'argent aux dépens de tout, en dépit de tout. Martin craint ce cauchemar. Il sait pourtant qu'il ne le vivra pas.

⋆

Dialogue entre un père et son fils, en visite sur la Côte :

— La baie de Cannes, au coucher du soleil, ses

bateaux, ses villas, ses jardins, ses eaux bleues, cela te dit quoi ?

— Cela me dit : pognon.

★

Il est rare que les hommes accomplissent de grands parcours sans s'être d'abord égarés.

★

Un honorable Américain avouait : « Je suis surtout connu pour ma notoriété. » Il avait en son temps conquis l'opinion et avait oublié pourquoi. Elle aussi.

Le cas était notable à New York, lorsque Martin y habitait. Il est devenu banal, aujourd'hui, dans la bonne société des nations modernes où pullulent les célébrités dont on ne sait rien, et dont on écorche les noms en les communiquant.

★

Le pathétique comme l'humour parlent à voix basse et je les entends d'autant mieux, moi qui suis sourd, moi qui suis vieux. Plaise à Dieu que jamais je n'oublie leur ton, ni la parenté qui les unit secrètement.

★

Laetitia fabriquait son refus. Elle en faisait son refuge et y plaçait son défi : le mot est de Jacqueline, un jour de désespoir.

Je pensais que ce cas était rare, et ne concernait que quelques êtres. Aujourd'hui, je le vois fréquent, et s'appliquant à des groupes entiers : sectes, nations, partis.

⋆

Les sourds reprochent aux autres de ne pas se faire entendre. « Parlez-moi plus clairement et plus fort, s'il vous plaît. » Constatation banale, sauf pour moi qui la vérifie, de pire en pire.

Et de mieux en mieux, je me console en estimant que ce que je n'entends pas est négligeable, et que cette opinion est commune à notre époque.

⋆

« Il est bien d'être premier de concours, mais il faut aussi savoir entrer au Ritz », me disait Geoffroy le jour où il fut reçu au Quai d'Orsay. Je crois que cette vérité est de tous les temps.

Stanislas Ostrogog disait de lui : « Il a tout, ce Geoffroy : la beauté, la fortune, le nom, la prestance. » Il changeait de ton pour ajouter négligemment : « et aussi l'intelligence ».

⋆

Xavier était comme moi conseiller de notre Ambassade à Londres. Un soir il présente à l'Ambassadeur un projet de lettre préconisant une intervention énergique de Paris dans une affaire brûlante. « Non, objecte l'Ambassadeur, je ne partage pas votre avis, je veux recommander au ministre de ne pas prendre parti.» Xavier ne se démonte pas: «Prévoyant cette hypothèse, j'ai rédigé un autre papier.» Et il sort tranquillement une version toute prête qui contredit radicalement la première.

J'ai longtemps conservé la copie de ces deux textes. L'un et l'autre sont des modèles de rédaction, également précis, charpentés, convaincants. Xavier, après Londres, continua sa carrière: ses talents l'ont conduit au cabinet du chef de l'État. De haut fonctionnaire, il est devenu grand fonctionnaire.

*

J'ai rencontré récemment la fille de mon premier patron au «Département», comme on disait alors pour éviter le mot «Ministère», réservé aux fonctionnaires de bas étage. Il était ministre plénipotentiaire, et directeur d'Europe, le service prestigieux où je venais d'être nommé, à Vichy.

Il me reçut dans la chambre de l'Hôtel du Parc, au troisième étage, où était son bureau. Il me fit asseoir sur le sofa, à côté de lui, devant sa table que n'encombrait qu'un seul dossier, celui des télégrammes du matin, et deux téléphones. Comme il avait cessé de fumer, il jouait avec un bilboquet qui distrayait sa main.

Il me parla des affaires du jour. Il connaissait la plupart des dirigeants fréquentables de la planète, ce qui donnait à son propos le ton d'un récit familier dont il me déroulait le fil. Le « jeune agent » que j'étais s'avouait subjugué par cet homme raffiné, unique et naturel, qui traitait des choses du monde en balançant son jouet. Je me disais que ses manières étaient celles d'un autre âge, et que ce que je voyais de mes yeux était une rétrospective. Mon souvenir d'aujourd'hui, en remontant le calendrier, me fait vivre une scène du grand siècle, peut-être imaginaire. Le temps, sur sa route, fait ainsi des embardées.

*

Retrouvée dans la poche d'un vieux pantalon, cette petite versification, écrite sur le vif, en conclusion d'une rebuffade :

Pour vous avoir pincé les fesses,
Ô ma duchesse,
Après-dîner, en Aquitaine,
Vous m'avez mis en quarantaine.

Je n'avais pas fait tant d'histoire
À Vézelay, quand un beau soir
Vos deux doigts m'ont pincé le cœur
Ô ma douleur !

Je crois que j'étais un peu épris. Comme ces bons souvenirs sont loin ! Sans ces mauvais vers, ils se seraient perdus.

V

L'inévitable nous épargne parfois, tandis que l'inattendu survient toujours. On serait tenté d'ajouter : tant mieux.

★

Juin 1940. Les officiers du bataillon déjeunent au mess. Le colonel fulmine : « Le stock des sardines en conserve est presque épuisé. À l'avenir, j'interdis qu'on ouvre une boîte sans mon ordre écrit. » Là-dessus surgissent les chars allemands. Le colonel s'interrompt. L'incident n'a pas de suite.

★

Empêché de lire, Martin se répète, tout bas, les vers dont il se souvient. Il en sait beaucoup, heureusement. C'est ainsi que l'on doit traiter la poésie : l'écouter dans sa mémoire, et de sa propre voix.

Hier, sur un vieux disque d'archive, il a entendu

le cher Apollinaire réciter « *Sous le pont Mirabeau* ». Quel étonnement ! L'auteur déclamait ses vers et psalmodiait son émotion. Martin ne reconnaissait pas le texte. Il le reprit en le murmurant sans y mettre d'accent. Et le pont Mirabeau retrouva son âme.

Le timbre de Sarah Bernhardt, qui fit courir toute l'Europe, nous fait fuir à présent. Heureusement, nous ne pouvons entendre Talma pleurer dans *Polyeucte*.

*

Lorsque la poésie est vraiment elle-même, ce n'est pas l'esprit qui s'empare du verbe, c'est le verbe qui s'empare de l'esprit. Le verbe est devenu divin, c'est-à-dire ineffable.

*

Passons, passons, puisque tout passe…
Mais où sont les neiges d'antan ?

Villon et Apollinaire, ces frères ! Comme Jacqueline les aimait !

*

Dixit Rivarol, en contrepartie bouffonne : « La poésie est souvent une prose où les vers se sont mis. »

*

Descartes professait :

« La science n'est possible que si Dieu ne fait pas de caprice. »

J'entends bien. Mais Dieu, par nature, est extravagant. La pensée de Martin s'arrête, interdite. Ce qui lui arrive dès qu'elle se prend au sérieux.

*

Camus a écrit ces mots bien connus qui font frémir Martin lorsqu'il se les répète :

« Chaque génération se croit vouée à refaire le monde. La mienne sait pourtant qu'elle ne le fera pas. Mais sa tâche est peut-être plus grande. Elle consiste à empêcher que le monde ne se défasse. »

Le monde se défait, jour après jour, chacun se dit impuissant et se croit innocent.

*

En imagination, Martin s'adresse à un collègue qu'il invente, assis dans le salon de l'Horloge, au Quai d'Orsay, attendant l'audience du Ministre.

« Tu as soixante ans, lui dit-il, tu es donc jeune, tu es venu discuter du choix de ton dernier poste avant ta retraite, tu es sans inquiétude, tu te sais protégé dans ce ministère, et cependant tu désespères. Non pas à cause de ta carrière qui fut belle et finira bien. Non pas à cause de ta famille qui est ce que tu souhaitais : un fils bardé de diplômes qui fait fortune dans la banque, une fille épouse d'un charmant Argentin qui travaille au Japon, une femme qui est une amie dont tu n'as jamais entendu la plainte...

«Tu es tourmenté parce que tu te demandes si la France existera au siècle prochain, dans le monde tel qu'il va. Physiquement, oui, bien sûr, elle tiendra son petit coin de continent au bout de la péninsule. Mais en quel état? De quelle grandeur déchue, en quel rang descendue et peut-être, à quelle férule soumise?»

Ainsi parle Martin à cet ami fictif, qui lui ressemble tant.

*

C'est un récit malaisé à suivre, difficile à croire, que celui du retraité bavard, qui prétend avoir vécu parmi des étrangers familiers et fervents de la France, celle de jadis, régente du bon goût, du bon sens, du bon genre, et somme toute, du bien-être. Lorsqu'il parlait en son nom, se souvient-il, les murmures se taisaient pour l'entendre: il disait le droit.

Où est le mythe, où est la réalité, dans ces versets d'une liturgie nostalgique? Ce qui est vrai, indiscutablement vrai: Martin était fier de servir.

Vieille baderne, accablée de mémoire, tu te fais rire et pleurer. Et voilà que tu te poses une question stupide: que sera notre pays lorsque toi-même tu seras devenu cendres? La raison devrait t'en libérer, mais le sujet t'accroche comme une angoisse et accapare ta fin de vie.

★

« On se sent de l'impatience à traverser la vie au plus vite, pour échapper aux hommes », dit Benjamin Constant. En secret, Martin répète la phrase. Pourquoi en secret ? Il en ressent la vérité, il en craint la suffisance.

★

Mon père, qui était médecin, nous disait : « Mes enfants, plaise à Dieu que vous ne tombiez pas malades, je ne suis pas sûr de vous guérir. » Mes sœurs et moi le regardions en ricanant. J'ai mis longtemps à comprendre le pathétique de son aveu. Le chrétien qui redoute la faiblesse de sa foi, le clerc qui connaît la faiblesse de sa science.

Qu'en pensent les praticiens d'aujourd'hui ? Je ne sache pas que le problème ait cessé de se poser. Le médecin affronte deux mystères effrayants : le mal et le destin.

★

J'ai mis des années à découvrir qu'on pouvait aimer pudiquement. Et ce ne sont pas les impuissances de l'âge qui m'en ont avisé. Tout au moins je le prétends.

Le sexe ne s'oublie pas dans le plus éthéré des amours.

★

Jacqueline et moi nous nous caressions avec nos griffes. J'en porte encore la marque aujourd'hui. Elle fut la seule que j'aimais ainsi, d'une passion farouche, sans dentelles ni dolorisme. Une vocation qui s'imposait comme la fatalité, durement, doucement. Comment dire ce qu'on ne comprenait pas ?

*

Il faudrait ne rien aimer qui fût mortel, c'est-à-dire se contenter de Dieu.

*

La route qui monte est la même que celle qui descend. Tout le monde le sait, et l'oublie. On se croise en se disant avec la plus totale indifférence : « Comment vous portez-vous, Monsieur ? Allez-vous bien, Madame ? »

*

Si ton âne est de miel, ne le mange pas tout à fait, conseille un paysan d'Anatolie. L'absurdité et la sagesse de cette évidence me ravissent. Elles méritent que je les médite. Arrêtons-nous un moment.

*

C'est avec ma raison que j'explore l'irrationnel. Est-ce bien raisonnable ? Lequel découvre l'autre ?

VI

Sur la table de son bureau, Martin a posé son stylo, du papier, des enveloppes et des timbres, un crayon et une gomme. Il n'y a pas si longtemps, il y mettait une plume, un encrier, et un buvard. Il écrit à la main deux lettres par jour. Dans son entourage les garçons et les filles, sur leurs genoux, ont un ordinateur et c'est tout. Ils titillent le clavier sans arrêt. Ils reçoivent et envoient des messages en faisant des mines.

Martin se demande si, à force de communiquer, ils savent encore correspondre. Les rapports humains sont bouleversés par ces jeunes pratiques. Le style dont on disait (c'est Buffon qui l'affirme) qu'il était l'homme même, a disparu dans l'oubliette. Les Français délaissent leur beau langage. Ils lui préfèrent un idiome abrégé, des formules codifiées. Qu'en est-il des effusions, des épanchements ?

C'est ainsi que le SMS a tué la lettre d'amour. Y a-t-on réfléchi ? A-t-on vu la portée de ce changement de mœurs ? Pendant des siècles, la lettre d'amour a transporté sous pli fermé les fièvres, les langueurs, les serments ou les désaveux des générations tourmentées qui furent avant nous et qui nous firent. Des flots de poésie, des torrents de talent sont tout à coup taris. Splendeur des discours, chatoiement des mots ! À leur place quatre syllabes : Ciao – Bizou.

*

La princesse Takamatsu, belle-sœur du souverain nippon, s'était entichée de Jacqueline à Tokyo. Toutes deux parlaient beaux-arts, us et coutumes, mode et tissus. Elles échangeaient kimonos d'apparat et robes du soir. Après ces entretiens, la princesse adressait à Jacqueline de courts poèmes de sa composition, calligraphiés de sa main sur des papiers légers comme des plumes, pliés dans des pochettes de soie.

La fidèle Kimiko, femme de chambre de la maison, était prévenue de l'arrivée du messager. Elle tendait les deux mains pour recevoir l'enveloppe, le buste respectueusement courbé. J'arrivais à la porte. Je m'inclinais à mon tour devant le précieux poème que Kimiko avait déposé sur la table du salon. Jacqueline entrait. Elle se courbait elle aussi, par deux fois. Le messager, qui était aussi interprète, lisait le message en japonais, puis en français, à voix très haute. Moi, Martin, j'ai assisté à ce cérémonial. Je me demande ce que sont devenus ces rites. Reçoit-on ces stances par e-mail, en se prosternant devant l'écran plat ?

*

Apollinaire me nargue en me récitant :

Avec ses quatre dromadaires
Don Pedro d'Alfarubeira
Courut le monde et l'admira
Il fit ce que je voudrais faire
Si j'avais quatre dromadaires

*

« On sent, n'ayant jamais rien fait, mon Dieu, de vraiment mal, mille petits dégoûts de soi »... Voilà ce que confesse le comte de Guiche, au cinquième acte de *Cyrano*, lorsqu'il rencontre Roxane à la fin de sa vie.

Très jeune, je me suis répété cet aveu d'un vieil homme. J'en ai oublié les vers, d'ailleurs mauvais, mais j'en ai gardé l'émotion. Elle me poursuit assidûment, sans donner ses raisons. C'est, à proprement parler, un ouvrage de l'inconscient, une sorte de sourdine qui chantonne en rengaine et, de temps à autre, tonitrue.

*

Le regret est une notion ambiguë. Certes, je regrette certaines fautes de ma jeunesse, mais plus encore l'époque où elles étaient charmantes. Les errements, en ce temps-là, ne déroutaient guère, tout au moins je le croyais, ils étaient des passages impromptus dans des chemins de traverse, des escales d'auberge en cours de route, dont le détour se rattrapait.

C'est la réflexion qui fait naître certains repentirs au sein des regrets.

*

J'ai été blessé, secoué dans ma vie. J'ai pleuré, et ce n'était pas effet de sensiblerie. Mais quand je vois les fléaux qui frappent les autres, je sais que j'ai été épargné, au point que j'en éprouve une sorte de honte, comme d'un privilège indu, inouï, que j'aurais dérobé. Je me sens coupable.

Et ces indulgences dont je bénéficie me font douter de la providence divine.

*

J'éprouve soudain un intense besoin de demander pardon. Pardon à qui ? Je ne sais pas. Pardon de quoi ? Je l'ignore. Soif et faim de contrition.

Pardon pour mes péchés inconnus, mes manquements invisibles. Pardon pour le mal que je fis ou dont je fus victime, pour les coups donnés ou reçus, la souffrance était la même, je ne sais plus, peu importe.

Pardon pour les méfaits de toutes sortes et de toutes sources, pardon pour tant de fautes dont j'ai honte et qui ne sont la faute de personne, et qui font la trame du monde, ton monde, Seigneur, celui de ta volonté.

*

Cataclysme en Asie, famine en Afrique, séisme en Amérique. Il est des jours où l'on peut croire que Dieu nous hait. Je me confiais à ma mère. Elle me répondait : « Nous hait-il ? Je n'en sais rien. Il ne faut pas parler de Dieu si l'on ne veut pas dire de sottises. Invoque plutôt Jésus. Écoute ce qu'il te dit sous la voûte de l'église. Crois-moi, il sera ton dernier ami. »

Ce jour n'est pas encore venu. Dois-je penser que s'il vient, je saurai que mon terme est échu ? Encore une pensée que je m'interdis de poursuivre.

*

Laetitia se défendait d'être tendre. J'en étais d'autant plus attendri.

*

À mesure que je vieillis, je suis de plus en plus affamé d'affection. Jusqu'à être agressif. Je m'attends à un au-delà tout garni de caresses. Cela n'a aucun sens, mais donne un sens à ma désolation. L'invraisemblable est d'un précieux secours, vu son pouvoir de conviction.

*

«L'amour juste? Juste l'amour.» Ces mots me font frémir. Ils m'emplissent l'âme d'un fol regret. Avoir été si près de l'absolu et ne pas l'avoir saisi… Peut-être même ne pas l'avoir aperçu…

Mais c'est la vie, n'est-ce pas, ces manquements – ou plutôt ce grand manquement…

*

Laetitia… Longtemps je n'ai voulu me souvenir que de son sourire, ou plutôt de son rire, sonnant comme le cristal, clair comme lui, éclatant, rayonnant. Je savais comment le provoquer. La manière la plus sûre était de raconter une histoire, toujours la même, qu'elle adorait. «Répète-la.» — «Tu la connais.» — «Redis-la quand même.» — «La voilà.»

Je me rends en visite chez le notaire de Bastia. À peine suis-je assis dans son bureau que le téléphone sonne. J'écoute le notaire: «Non, Monsieur, je n'ai pas eu le temps d'étudier votre affaire. Je le ferai sans faute, prochainement, comptez sur moi.» Un silence, et puis: «Pour l'autre dossier, c'est pareil, je vous préviendrai quand je l'aurai lu.» Autre silence. Je sens que l'interlocuteur s'échauffe. «Ne vous énervez pas, Monsieur, chacun a sa façon de travailler.» Le notaire cherche mon regard et mon approbation. Là-dessus le téléphone sonne à nouveau. Le notaire décroche l'écouteur d'un geste lent, superbe. «Non, Monsieur, je ne peux pas vous répondre, n'insistez pas, je suis en conversation avec un Ambassadeur.»

Laetitia jubile: «Tu as mieux raconté que d'habitude.»

*

C'est ainsi qu'après qu'elle eut quitté ce monde, je retrouvais son rire, en me répétant l'histoire.

Je n'ose plus le faire à présent, et je n'ose me demander pourquoi. Le temps presse. Je ne suis plus loin d'elle, il est vrai. J'entends Barbara, dont elle était l'amie, pleurer pour moi ses chansons tristes.

*

Dixit Marilyn Monroe: « C'est bien une carrière. Mais on ne peut se blottir contre elle quand on a froid. »

Je cite cette phrase avec respect. Je vois la moue de ce petit visage d'enfant, l'enfant vieillie qui cherche encore à s'enfouir dans l'amour et qui, un matin, se pelotonnera dans la mort.

Je m'étais promis de passer outre aux visions qui font mal. Celle-ci, je ne sais pourquoi, est d'une étrange douceur.

*

Chateaubriand évoquant Madame Récamier: « On avait envie de lui dire des roses. » Voilà qui me plaît, ou plutôt me parle. Je dédie à Michelle ce bouquet de tulipes.

*

Ceux qui, dans leur enfance, n'ont pas reçu leur dose d'amour, en portent la trace toute leur vie, comme d'une malnutrition qui aurait entravé leur croissance.

*

Le cœur est toujours débutant. En tout cas le mien. Il finira novice, rétif à tout enseignement, cancre bienheureux.

*

Parfois les hasards marchent en bon ordre. On les appelle des circonstances.

VII

Doucement, Martin. Ne force pas l'allure. Aie la patience de considérer à loisir chacune de tes élucubrations simplettes. On ne doit pas aller trop vite en besogne, lorsque la besogne consiste à passer le temps. Je te l'ai dit et le répète.

Et continue sur le même ton. Il faut se faire un plaisir de penser. À quoi te servirait d'être plaintif? Bourru? Aigri? Profite d'un déclin dont tu peux suivre la courbe comme si elle était celle d'un progrès à l'envers.

*

Martin demande à Michelle de lui lire un texte auquel il tient. Elle le fait avec grâce. Soudain, il ne l'entend plus. Elle médite? Non. Elle s'est endormie.

*

Le féminin d'*abscons* ne devrait pas être *absconse*, mais *absconne*. Exemple: «Vos commentaires sont abscons et leur séquence absconne, sans vouloir vous vexer. » Martin s'alarme. Si on allait lui appliquer cette grammaire ?

★

Il faut avouer que la nature est parfois surnaturelle. Voyez ses cataclysmes, ou ses merveilles extravagantes. Et aussi bien ses spectacles quotidiens : ses aurores par exemple, au Cap Corse, avec Jacqueline dans mes bras.

★

« S'il n'y avait que l'obscurité dans l'univers, tout serait clair. » Je retrouve cette question de la connaissance. À vrai dire, elle ne m'avait pas quitté. La poser sous forme de boutade en soulage le tourment. Pourquoi ? Voici un nouveau problème qui m'assaille.

★

Il y a un certain plaisir à échanger des sottises avec des gens d'esprit. C'est pourquoi, sans doute, j'apprécie mes monologues.

★

Renoir, parlant de Rubens :
« En voilà un qui n'est pas à une fesse près ! »

★

Du même :
« Quand je ne pourrai plus peindre avec mes mains, je le ferai avec ma queue. »

*

Citez-moi quelque chose d'inutile :
— Les couilles du Pape.
— En êtes-vous sûr ?
Cette plaisanterie scabreuse me fait rire, je l'avoue. Mais surtout elle donne espoir au bon à rien que je crains d'être devenu. Bon à rien ? C'est vite dit. En êtes-vous sûr ?

*

On dit de Marguerite Desbordes-Valmore, la poétesse romantique, éternelle amoureuse qui, à longueur de ses pages, pleurait sa passion (perdue, retrouvée, adorée, réprouvée), que son sexe était constamment mouillé de larmes. Gauloiserie inconvenante, mais que j'aime – ou plutôt que j'aime parce qu'elle n'est pas convenable, et convient si bien. Fascination de l'insolence et de l'insolite ! Les enfants se chuchotent leurs gros mots en pouffant de rire.

*

Dixit de Gaulle : « Claudel, on a beau dire, quel ragoût ! »

*

De Montesquieu :

« Rien n'est plus facile pour un homme en place que d'éblouir par un grand projet. » En quelle école de sciences politiques apprend-on l'usage de la poudre aux yeux ? De la supercherie ? Non, on n'a pas besoin de professeur pour cette discipline.

*

La réflexion compromet l'intrépidité. Lorsque la réflexion l'emporte, on la congratule. Lorsque l'intrépidité gagne, on l'acclame.

*

Je prends le monde tel que je suis. Qui dit cela ? Tout le monde.

*

Épiménide est Crétois. Quand il dit « tous les Crétois sont menteurs », c'est qu'ils ne le sont pas puisque lui-même l'est. On connaît le sophisme. Sa leçon me relance. Le stupide, parfois, loge dans la logique, comme le rat dans le grenier.

*

Le plus fieffé conservateur se passe plus aisément d'hier que de demain.

*

Ce que j'écris aujourd'hui sur ces pages n'aurait pu être pensé quand j'avais vingt ans. Ce qui me plonge dans l'embarras, me fait méditer sur l'être, son progrès, son devenir, ses fins, sa fin. Qu'avais-je besoin de ce souci? Pourquoi ne pas être chèvre?

Encore une question sans réponse.

*

Martin a rencontré en Afrique ce qu'à ce moment-là, on pouvait encore appeler «des sauvages»... Les derniers à vivre nus, en pleine brousse, au sommet d'une colline, dans le nord du Togo. Le roi portait une couronne sur la tête pour seul vêtement, et déployait sur son trône en bois doré un sexe somptueux. Il est vrai que Martin n'en avait pas vu beaucoup d'autres, à part le sien, sur lequel il s'attardait peu. Les femmes de la tribu, qui étaient les épouses ou les filles du roi, peut-être les deux, étaient vêtues de pendentifs entre les seins. Leur innocence était extrême et elles avaient, dans cet appareil, un port de princesse.

Martin apprit après son départ qu'un commando de missionnaires protestantes leur avait enjoint d'aller se rhabiller. Il fallait dare-dare vêtir ces nudités païennes et primitives. Ce qu'elles firent à Monoprix, ce magasin moderne et mirifique qui venait d'ouvrir en ville. Elles avaient alors changé d'allure, devenant sur-le-champ des négresses mal fringuées. Auparavant, les ecclésiastiques avaient pris leur photographie, les clichés de femmes nues se vendant très bien, et leurs bonnes œuvres ayant besoin d'argent.

*

Dixit Bibi, gardien d'immeuble, mon ami :

Les voitures qu'on parque dehors, c'est une catastrophe. Cette nuit, des voyous ont cassé mon proviseur.

Aujourd'hui c'est vendredi. Demain c'est samedi, en principe.

Prenez le parapluie pour sortir, il pleut des verses.

Au Maroc, les vieilles de soixante ans restent à la maison, assises dans leur fauteuil. Elles ne bougent plus. Ce n'est pas comme Madame, elle bouge encore, elle marche bien.

Ma femme et moi, c'est pareil, on se rassemble.

Ma belle-sœur, elle souffre d'avarices, surtout aux membres inférieurs.

Il a tué sa femme : c'est pas normal.

RECUEIL DU SOIR

I

Mon ralentissement s'accélère, disait François Nourissier à la fin de sa vie. C'était un mot dur, mais un bon mot.

*

Le monde s'éloigne à mesure que j'efface ses contours. Nous nous séparons tous deux, ensemble, presque en douceur. La vieillesse, parfois, n'est pas un naufrage, plutôt une dérive, loin des côtes.

Puis, peu à peu, une indifférence : le grand large muet. On éprouve de la quiétude dans ce détachement.

*

Ma journée d'aujourd'hui, de demain, celle d'hier ? Un hachis menu de petites heures insignifiantes et, qui, en fin de compte, font un jour dont je ne fais rien. Cependant que l'immensité d'un temps sans bornes et dont je ne sais rien étend tout près son eau profonde.

Là est mon constant malaise : le « maintenant », terre ferme, étroite certitude qui porte mon instant, en bordure du « tout à l'heure », vastitude d'un océan qui s'apprête à me noyer dans son éternité. Je longe ce rivage que bat le vent.

*

La notion de l'au-delà interroge mon esprit, et c'est mon âme qui veut répondre. Elle s'y efforce, elle se perd, elle ne cesse de divaguer, comme si le désarroi était sa vocation.

*

« L'éternité néante ». Ces deux mots qui me viennent à l'esprit lui donnent un double vertige, qui le fascine et le détruit s'il s'y abîme. Un gouffre sans fond et sans fin, est-ce là ce qui l'attend ? Demain ? Après-demain ?

La persistance infinie d'un vide absolu ne peut se concevoir qu'en n'y pensant pas. C'est alors, dans l'inattention, que se rencontre l'illusion de l'intelligence. Je songe, par exemple, aux après-midi du convalescent que je fus, allongé dans sa chambre d'hôpital, lorsque la continuité retrouvée de l'existence va de soi et va son train, évacuée de ce qu'elle vivait, interminablement désœuvrée et déserte. Alors, l'inconscient laisse entrevoir à la conscience ce qu'est un au-delà de cet ordre, « une éternité néante ». Il en donne l'avant-goût attirant, terrifiant. J'atteins les limites de la pensée que je me tolère.

*

Martin n'aime pas le soir, liminaire de la nuit.

L'obscurité qui envahit le jardin, saisit la maison sans le moindre scrupule, le rite de la chambre que les femmes préparent, la toilette que l'on fait, les vêtements que l'on met, le lit que l'on ouvre, le baiser vespéral, et la voix basse pour se quitter.

Cérémonial de requiem : comment, après cela, reposer en paix !

*

Jusqu'à présent, il n'a pas flanché. Il a évité la faute majeure : le lyrisme de l'apitoiement malgré la tentation qu'il en avait parfois – attrait puissant de l'asthénie morose, pleurs délicieux de l'auto-compassion. La plainte est la consolation des vieillards.

Au lieu de cela, il s'est fait illusion. Il a commenté le jeu qu'il ne jouait plus pour s'imaginer qu'il en restait l'arbitre. Confiné dans sa chambre, il a regardé les autres s'agiter au-dehors, en se persuadant qu'il était au grand air. Il a salué les sages, fustigé les fourbes, commenté la comédie humaine comme s'il n'avait pas déserté ses tréteaux.

En vérité, que sont ces mises en train, ou leur contraire, ces mises en garde, qu'il s'adresse à lui-même, ces boniments qu'il s'invente, ces bavardages qu'il se sert ? Ce sont des alibis de l'angoisse, des trompe-l'œil du vertige, des faux-semblants du flegme.

Martin croit convenable, raisonnable, salutaire, de fuir la frayeur de l'inéluctable dont il ignore tout, sauf la fatalité, et de se réfugier là où il peut, parfois sans l'alibi d'une farce.

*

L'âge produit des confusions cocasses, à croire qu'il s'en amuse. Il se méprend sur les gens, sur les choses. Il s'embrouille dans les noms, communs ou propres, surtout propres. Le nombre des Paul qu'il baptise Pierre ne se compte plus.

Martin rencontre l'ami d'un ami qui fut son convive le mois dernier. Ô miracle! Il l'a reconnu. Mieux encore, il se souvient de son nom. Il l'aborde, triomphant: «Vous êtes Monsieur Boudin!» L'interlocuteur rectifie: «Vous faites erreur, je m'appelle Bidon.»

Sa prothèse dentaire lui fait mal. Une rectification suffira, le dentiste est au courant. Martin téléphone à la secrétaire: «C'est tout simple, je mets ma prostate dans une petite enveloppe et je vous la fais parvenir.»

*

Contente-toi de ces drôleries, cher Martin, la gaîté profonde n'est plus de ton âge, tu ne la retrouveras plus. Elle était le cadeau de ta jeunesse. Elle se donnait dans le rire de Laetitia, dans le sourire éclatant de Jacqueline, les lumières tendres du matin, les lueurs attendries du soir. Elle offrait à l'encan ses paradis prodigues.

Pour te consoler à présent, tu as les petites fêtes de tes soliloques, trouvailles ou travail de l'esprit qui garnissent de notes brèves tes heures lentes. Paradoxe : tu te gardes d'être long, toi qui, à longueur de temps, te prolonges. Que signifie ton impatience ? Il ne faut pas que les choses traînent. Quelles choses ? De quoi parles-tu ? Tu te plains de la vitesse des mois. Parfois, tu t'en affoles.

Essayons de comprendre : c'est le mal de la vieillesse de ne pas avoir le temps d'attendre et, cependant, de vouloir s'attarder.

Pour la même raison.

II

Dans l'ermitage où tu te réfugies et dont, l'une après l'autre, se ferment les portes, parviennent cependant les rumeurs du monde. Du monde qui se déchire en prétendant se rassembler. Ses vérités s'affrontent, leurs certitudes ne plaident pas : elles se déclarent universelles, parfois elles se disent révélées.

L'absolu blasphème est de parler au nom de Dieu.

*

Les dogmes sont, à proprement parler, des stupéfiants. Ils sont donc assimilables aux drogues dont ils ont la puissance exécrable. Je vois le monde s'en gaver, et me demande comment stopper cette fringale. La voie répressive, la voie persuasive ? Je rêve d'une législation qui les interdirait comme un danger public, une menace contre la santé et une incitation au meurtre.

Ce sera la faute, et peut-être la folie, de ma

génération d'avoir perverti la liberté au point de la laisser accueillir le délire identitaire comme un droit naturel de l'individu.

⋆

Le fanatisme est une maladie mentale conjuguant en un même virus la croyance et la cruauté. Sa fièvre se répand par contagion et fait penser aux grandes épidémies qui ravagèrent pendant des siècles l'Europe et l'Orient. On cherche en vain la prophylaxie. L'hygiène de l'esprit, qui devrait suffire, est inefficace.

⋆

Le cogito cartésien nourrit mon angoisse, alors qu'il en délivre beaucoup de bons esprits. Je ne m'en étonne pas, me connaissant un peu, et je me donne de plus en plus raison, à mesure que le temps passe.

⋆

Combien de décisions ai-je pris dans ma vie? Je veux parler de déterminations souveraines, arrêtées en connaissance de cause, et en pleine liberté. Je cherche et j'aperçois partout des hasards, des conjectures, des enchaînements, des contraintes secrètes, qui tracent ma voie. Mes amours naquirent de fortuites rencontres, mes ambitions s'offraient sur ma route, mes succès, mes échecs furent de bonnes ou de mauvaises fortunes dont souvent m'échappaient les raisons.

Je n'ai fait qu'un choix certain, dans ce long parcours, encore est-il dû à ma nature plus qu'à mon calcul. J'ai pris le pari, le parti, de dire oui, sans faire d'embarras à ce qui m'arrivait. J'ai allègrement acquiescé à mon destin. Mon mérite est de savoir que je n'en ai pas eu.

*

Ma mère me confiait volontiers: «Un soir de janvier 1916, en pleine guerre, ton père venant du front a sonné à la porte de la maison. Je ne l'attendais pas, il profitait d'une permission inattendue, riait de bonheur et brûlait d'impatience: il m'a prise dans ses bras et s'est conduit comme un hussard. Neuf mois après, tu voyais le jour.»

Parfois, quand je me sens triste, j'entends le rire de mon père éclater à mon oreille, goguenard: «Ce soir-là, je t'ai joué un bon tour.»

*

Michelle, je ne t'ai pas rencontrée chez Madame Récamier, ni dans les salons de l'hôtel de Guermantes, mais au coin de l'avenue, en bas de chez moi, sous le marronnier où ta petite chienne et mon petit chien avaient l'habitude de faire pipi. Mon petit chien levait la patte, ta petite chienne courbait l'échine, sous nos yeux satisfaits. Ainsi naquit notre chère liaison. Dieu en soit loué.

*

J'écris grand et avec soin pour pouvoir me relire, sans me demander si j'en aurai le temps, ou l'envie. Et je me hâte, comme si je craignais de ne pouvoir finir. C'est ainsi que je vis, entre deux sottises, cherchant ma raison.

*

«Tout est vanité», dit l'Ecclésiaste. Est-ce une bonne traduction? Ne peut-on dire «Tout est moquerie»? Même la peine que j'éprouve, et qui me fait si mal?

*

Impossible de me séparer de cette image qui m'assaille tout à coup. Je voudrais la repousser et ne souhaite pas m'en séparer. Elle survient à l'improviste parmi les autres, s'imposant avec une familiarité sans gêne. Je ne sais la dater, ni lui donner un lieu. Non plus qu'une durée: un jour, un an? Il était une fois, qui fut peut-être une longue fois. La peine que j'infligeais à Jacqueline maltraitait son visage, et ravageait aussi le mien. Nous étions face à face, deux amoureux déchirés. Le silence seul pouvait refaire le masque d'or de notre dévotion.

*

Martin, s'il te plaît, ne cite pas le nom de tes conquêtes, aventures, bonnes fortunes, bonnes amies, que tu ne sais comment qualifier, et dont ta mémoire laisse s'effacer l'image. Tu n'oses les évoquer une par une, la liste a commencé très tôt, et prend l'aspect d'un catalogue qui les dessert et te dénigre. Mais tu ne veux les évoquer en bloc, sans distinction : elles méritent mieux que cet amalgame. Je te vois ouvrir l'album avec ménagement, sans regret, sans réel repentir, avec un peu de nostalgie parfois, et beaucoup d'étonnement : tu te reconnais mal dans ton portrait à côté d'elles. Tu ne retrouves pas non plus leurs traits. Ton regard est curieux, ton cœur le plus souvent est muet.

*

Soyons honnêtes : il ne faut pas te noircir, tu ne fus pas mauvais garçon. Il ne faut pas te blanchir, tu ne fus pas un innocent. Il ne faut pas non plus dorer ta jeunesse, ce ne fut pas celle d'un Don Juan. Tu fus un homme, simplement, sûrement, voulant en même temps le plaisir tout cru et son service dans le vermeil.

Tes pulsions élémentaires puisaient dans ta culture leur raffinement. Il était piquant de voir la littérature, la poésie, les beaux-arts, et même la métaphysique, prêter leurs dentelles ou leurs velours aux appétits de ta nature. Ainsi, les cent ressources de ton cerveau te guidaient vers le but unique qu'elles te faisaient toucher, caresser, investir, posséder, avec un mélange de brusquerie et de tendresse. Tu avais gagné, ou plutôt une trilogie t'avait apporté la victoire : un verbe malin, un visage de chérubin, une érection de jeune bouc.

Mais tu n'avais pas l'idée de faire mal. Et encore moins l'envie. Tu voulais exercer ton savoir-vivre, quand s'offrait l'occasion.

Cessons tout cela qui est vieux, très vieux. Tes complices, tes victimes, ont disparu. Il y a prescription sur le passé. Les souvenirs n'ont pas de revenants, si on ne les réveille pas. Les tiens meurent avant toi, un à un.

III

Martin s'est assoupi sur le divan. Il vient de faire la paix, une fois de plus, avec ses pensées. Il a l'habitude de ces contrats de tranquillité, dont il renouvelle la signature de temps en temps, lorsqu'un scrupule, un remords, échappés d'une méditation, menacent de donner de la voix.

Prudence inefficace, cette fois. Au moment de son sommeil tout juste engagé, il aperçoit Jacqueline et Laetitia, immobiles, à deux pas de lui, si près qu'il pourrait les toucher du doigt. Elles sont en larmes et ne parlent pas. Se sont-elles disputées ? Ou est-ce à cause de lui qu'elles pleurent ? Martin sait qu'il ne peut pas les interroger. Elles ne donnent aucun signe, elles ne bougent pas. À un moment, Laetitia suffoque, mais sans dire un mot. La scène est insoutenable. Martin s'est mis à crier, et ce cri le réveille. Il est en larmes, lui aussi.

*

Il regarde sa montre, et en conclut qu'il est beaucoup trop tôt pour entamer sa nuit, mais il s'inquiète déjà de ce qu'elle sera. Il redoute l'insomnie, ce qui est la meilleure façon de la provoquer. Il se retourne sur l'édredon du canapé, ce qui est la bonne manière de ne pas en trouver le creux.

Il se sermonne. « Détends-toi, Martin, respire à fond. Ouvre un chapitre familier de ta boîte à penser, choisis un passage attrayant, rassurant, qui serve ton répit. Parle-toi d'amour, par exemple, c'est un sujet pour tous les âges et tout à fait inépuisable. »

*

Tu te souviens de Sacha Guitry : « Que vous étiez jolie, hier, au téléphone. » Dans ta bouche, j'ajouterais volontiers : « Que vous étiez vilaine, au téléphone, quand vous ne m'appeliez pas. »

Il est vrai que lorsque Michelle te quitte, tu as le sentiment que c'est toi qui t'en vas, tu t'écartes et t'égares. Tu perds le nord, et aussi les pédales, tu tombes dans un trou. Il y fait froid. Tout au long de ces absences, tu mesures tes sentiments en unités de désarroi.

*

Aimer… mot banal et sacré, aux acceptions multiples, suivant les siècles, les latitudes, les conditions, les âges…

Chez nous, lorsque nous étions jeunes, c'était

partager ce que l'on possédait, l'ardeur, le rêve, un peu d'argent, et ce dont on ne disposait pas, la loterie du sort. Lorsque l'on est vieux, ce n'est plus se confondre, ni se conjuguer, c'est se consoler ou se conforter.

Tu découvres la Lune, Martin, et ses changements de quartier.

En effet, oui, je les découvre. L'amour est un continent qui ne sera jamais exploré tout à fait. Certains sommets, certains abîmes, demeurent sauvages. Les romanciers, qui font figure de guides, s'y perdent encore quand ils s'y aventurent.

*

La séparation sépare, disait Jacqueline. C'était dans ses derniers moments.

*

Il faut tenter de t'en persuader : on peut avoir le goût d'aimer, le don d'aimer, et en même temps besoin de s'évader ou simplement de s'affranchir. Se plier aux contraintes d'une affection et refuser d'en être asservi n'est pas une aberration singulière. L'âme consacre des confusions dont la raison s'étonne : ce sont d'obscures clartés, des attraits qui paralysent, des plaisirs douloureux. Que fais-tu, à brasser ces souvenirs qui t'attristent et t'enchantent ? En matière de sentiments, on ne voit pas les choses comme elles sont. Comment sont-elles, d'ailleurs ?

*

Tu as tes raisons de partir. Je n'ose dire « me quitter ». Le mot m'épouvante : sache que l'absence de ceux qu'on aime prend l'apparence de l'abandon. « Ils avaient mieux à faire. » Roland Barthes a écrit de belles pages là-dessus. Je les relis souvent. J'y reviendrai demain, lorsque j'entendrai ta porte se fermer. Je me réciterai aussi les vers d'Apollinaire :

J'ai cueilli un brin de bruyère...
Et souviens-toi que je t'attends...

*

Je voudrais raisonnablement porter intérêt à l'absence de Michelle, en essayant d'analyser ce dont son départ me frustre. D'abord de trois satisfactions égoïstes : la gaîté que m'apportait sa compagnie, la sécurité que m'inspirait son assistance, les mille commodités que je trouvais à ses concours. Mais ces frustrations ne relèvent pas du cœur, de sorte qu'à l'extrême rigueur, je pourrais en avoir honte. Je les défalque de mon calcul. Le grand espace qui s'ouvre alors devant moi mesure ma privation pure, ma réelle indigence. Ce contenant évacué se trouve empli par un contenu qui l'occupe en l'instant dans sa totalité : une attente, qui est le présent de l'absence. Et cette attente n'a rien qui puisse la distraire, ou constituer une diversion, par exemple un reproche, une amertume.

Non. Elle figure la plénitude du manque, en son intégrité.

Je tourne en rond dans les pièces trop vastes de la maison, déserte puisqu'elle en est partie, et j'y porte mon âme en peine, comme on dit, du matin au soir.

*

L'amour excelle à déranger les conduites. Et cependant, quand il fait défaut, on voit la conduite devenir incertaine, comme si elle manquait de direction.

*

Elle dit : « Je serai absente peu de temps. » Il pense : « Voit-elle que pendant ce temps, je m'absente sans retour, doucement ? »

*

Je dois au tourment une grande partie de l'intelligence dont j'ose me prévaloir. Je ne peux en dire autant de la joie.

*

Sur les grèves de sa Picardie natale, le spectacle n'avait pour borne que la faiblesse des yeux. Martin rêve de ce paysage, lui qui devient aveugle.

*

Pour sonder le cœur des êtres, Martin observe leurs priorités apparentes. Mais la méthode est imprécise, car ces priorités sont de nature diverse. Certaines, sans être imposées, s'imposent : la famille, le métier. D'autres sont des prétentions, des postiches : la méditation chez les oisifs, les beaux-arts chez les snobs. Un petit nombre est authentique, et en ce nombre, beaucoup se cachent, ou tout au moins se masquent. « Quelle est la priorité, Madame, de votre vie ? » — « C'est ma peau. » — « Et la vôtre, Monsieur ? » — « C'est mon sexe – ou mon fric. » Non, cela ne se dit pas.

Bien qu'il la sache aléatoire, cette méthode « du souci dominant » inquiète Martin. Il craint ses révélations. Pour qu'elle ne vienne bousculer l'échelle de ses affections, il n'y recourt que rarement, et comme à un jeu.

À vingt ans, la révision des sentiments est courante. À quarante elle est pénible. Ensuite, elle peut être mortelle.

*

Le temps détruit et construit sans cesse, de sorte que la vie devrait être une succession d'espoirs et de regrets. Heureusement, l'irréflexion nous évite ces secousses, et l'étourderie nous protège.

*

Le monde était en feu. Moi, j'attrapais un rhume sur le boulevard Saint-Michel. Dois-je m'en blâmer ou m'en réjouir ? Suivant quels critères ?

J'ai guéri le rhume, le feu s'est éteint. Il n'y a plus de trace. Que penser de tout cela ?

⁎

Je vois Michelle vaquer à tout, trotter partout, à longueur de journée : le notaire, le percepteur, le marché, l'ami de passage, le parent malheureux. Faut-il s'affairer tant ?

L'utilité des choses s'apprécie selon l'âge que l'on a. La jeunesse l'aperçoit partout, et s'y soumet. Avec le temps vient le choix. Les préoccupations prennent un ordre. Plusieurs perdent leur rang. Les nécessités se réduisent.

C'est un indice de vitalité que la pluralité des problèmes et la diversité des soucis. Lorsque l'on n'en a plus qu'un seul en tête, c'est qu'on n'a plus d'espoir. Le propos unique est celui du grand âge. Il assaille, il obsède. Il se fait essentiel. Il prend un nom et un objet : les fins dernières.

À moins, comme fait Martin, de s'interdire de penser à mal, et de se maintenir, vaille que vaille, sur le qui-vive.

⁎

Je réfléchis souvent à mes conversations avec Michelle. Lorsque nous discutons et que je suis d'accord, il m'arrive ensuite de me demander si je suis séduit ou convaincu. Ma perplexité est le gage d'une grande assurance qui me tient lieu de réponse, et me suffit.

IV

Depuis quelque temps, ma tranquillité me pose un problème. Est-ce une quiétude ? N'est-ce pas plutôt une asthénie, un abattement ? Un peu de tourment m'apaiserait. Je vais m'inquiéter du monde pour me rassurer. Quel souci préférer ? Les sonnettes d'alarme tintent de tous côtés : c'est le carillon de la modernité.

*

Décidément, la République, ce sont des avocats et des enseignants, la Démocratie, ce sont des journalistes, la Nation, ce sont les contribuables, l'électorat, ce sont les bonnes gens. L'homme de la rue, c'est moi, qui n'y mets plus les pieds.

*

On croyait jadis que « le bon peuple » n'était pas assez instruit pour raisonner de travers. On a révisé cette opinion.

*

J'aime ces mots dont j'ai oublié l'auteur :

« C'est peut-être le privilège de la longévité que de donner un sens, plus ou moins imaginaire, à notre passé, comme si nous inventions notre vie au moment de la perdre. »

*

Je suis témoin qu'aucune nation n'est à l'abri de la démence, et que les peuples vont au Diable aussi aisément qu'à Dieu. Les experts les plus concernés répugnent à l'admettre. Les Cassandre sont des trouble-fête.

*

Le cher docteur Carro, mon médecin de Tel-Aviv, me racontait qu'il avait quitté Berlin à contrecœur, juste avant les grands pogroms nazis, parce que ses amis chrétiens l'avaient poussé dehors. « Hitler, se disait-il, peut bien galvaniser les masses, mais je ne vois pas le pays de Goethe donner dans son panneau... »

*

Lorsque je rencontrai le général Tchang Kaï-chek, le chef du Kuomintang chinois, il s'était réfugié dans l'île de Taïwan, l'ancienne Formose de nos parents, après sa déconfiture sur le continent. Il me parla longtemps du général de Gaulle qui s'était retiré à Colombey. Quand je l'interrogeai sur ses vues d'avenir, il me répondit que la situation présente n'était qu'un épisode, et qu'il serait bientôt de retour au pouvoir. « Comme votre général, ajouta-t-il en souriant. Lui et moi n'attendrons pas longtemps. »

Il est mort en exil, plus de vingt ans après.

*

À Shanghai, un missionnaire français, très écouté du corps consulaire, m'affirmait : « Le peuple chinois que j'ai ausculté, confessé pendant un demi-siècle, ne sera jamais communiste. S'il prend un jour le pouvoir, Mao Tsé-toung ne fera pas long feu dans ce pays nourri de traditions, féru de spiritualité. » Le moine était convaincu, convaincant. Parlant de lui-même il se qualifiait d'« homme de vérité ».

*

Ainsi Martin navigue sur son vaisseau fantôme, allant de souvenirs en sentiments, de raisons en dérisions. Il se fabrique des étapes et des traversées, des changements de cap, de grands vents et de bonaces.

La Renaissance est l'escale qu'il préfère s'accorder, parce que, dans son imaginaire, elle fit de la guerre et de la grâce des divinités jumelles. La guerre en dentelles, la grâce en armure. Le corps à corps, le cœur à cœur, le sens du sang, le sein des saintes. Vocalises de l'Histoire. Plaisir des jeux de mots, construction d'icônes, il oublie l'heure qui se détraque.

Attention, Martin. Reviens. Tu perds le nord.

*

L'histoire est sorcière. Son enchantement escamote sa tragédie. Elle me présente des ruines, des malheurs, des turpitudes, et je vois des épopées, des monuments, des splendeurs. Elle me montre la fuite des âges et j'y vois le déroulement de l'aventure humaine. Elle me joue des tours, je connais son mensonge et j'adhère à ses fables.

Elle fait davantage parfois : au lieu de raconter le temps, elle l'interrompt. Elle le fige en une époque fameuse, le siècle de Périclès, ou celui des Lumières, et s'y installe. Son voyage devient une série de plans fixes et merveilleux. Michelle me conduit à Venise. J'ouvre ma fenêtre qui donne sur le Grand Canal. Éblouissement. La beauté du paysage a saisi le moment qui s'arrête, statufié comme elle et toutefois plus vivant que mon cœur qui bat. L'histoire abandonne son cours qu'elle noie dans une splendeur qu'on dirait éternelle.

*

Si je meurs en chrétien, ce sera à cause de Chartres.

*

Le soir produit des lumières sombres qui affinent les couleurs. Le vieillissement aussi. Jusqu'à ce que tombe sa nuit.

Martin, arrête-toi, ne va pas plus loin.

*

Le temps débarrasse de tout ? Non, il fait son tri, son ménage. Il a ses manies, ses lubies. Osons le dire : il est lunatique et un peu pervers. Par exemple, il conserve un détail et oublie l'essentiel.

*

Le passé est un songe, l'avenir est un rêve, le présent un moment d'illusions. Voici des évidences qui ne se discutent pas. Mais si vous me demandez « Êtes-vous d'accord ? », je répondrai : « Peut-être, parfois, certains jours, quand je ne suis pas dans mon assiette. »

*

Je disais à un banquier de mes amis : « Au cimetière du Père-Lachaise, tu seras l'homme le plus riche de ta rangée. » Il s'en est trouvé très satisfait.

*

« Il est difficile d'étonner sans détonner. » Voici une réflexion d'adulte. Lorsqu'on est jeune, on dit : « Il ne faut pas craindre de détonner si l'on veut étonner. »

★

Dans la jungle de l'opinion politique, rien n'est plus grotesque que les bigots de l'avant-garde. L'époque en fait collection. Martin fulmine de les voir parader sans vergogne, se dénuder sans honte. Le ridicule ne les tue pas. Au contraire, il les encourage ou même les enrichit.

★

«Ah, juste ciel! Que le bourreau prend de la peine!» disait une tricoteuse assistant à la mort de Louis XVI.

★

Ne pouvant atteindre la gloire, bien des ambitieux se contentent de la mode. La gloire n'est guère lucrative, la mode rapporte gros. Ils gagnent au change.

★

La fatalité disculpe sans consoler.

★

Je ne suis pas de ceux que vivre contente. Dois-je m'en plaindre? Ou m'en prévaloir? Qu'est-ce à dire, d'ailleurs! Je le sens, mais ne peux l'expliquer, ou même, clairement, l'exprimer. C'est pourtant le sujet central de ma pensée.

★

Malraux s'interroge : que faire de l'âme si Dieu n'existe pas ?

*

Chaque fois que l'heure du repas approche, je pense à ce cher Paul, le chauffeur, qui me disait : « Il y a trois sortes de restaurants : les bons, les copieux, les pas chers. J'aimerais vous inviter à dîner dans celui qui est tout près de chez moi. Il est copieux, et pas cher. » Puis il ajoutait, navré : « Malheureusement, il est mauvais. »

Il était depuis longtemps à la retraite, mais continuait à travailler. Il conduisait ma voiture. La sienne restait au garage, il ne s'en servait jamais. « Je la réserve pour mes vieux jours. » — « Mais, Paul, vous avez soixante-dix ans. » — « C'est bien ce que je vous disais. Je la garde pour plus tard, quand je serai vieux. »

Il s'était fait opérer du cœur. La valve menaçait de s'obstruer. « Ils sont épatants, ces médecins : ils m'ont débouché ma vulve. »

*

Paul n'est plus de ce monde. Il est mort à son tour, comme tout le monde.

Ne ris pas de ta remarque, Martin. « Comme tout le monde… » Évidemment. Tu ferais mieux de te méfier de tes souvenirs. Les plus gais parfois, sont si tristes…

V

D'où vient que la vieillesse, fût-elle entourée d'affections, se sent parfois si seule ? La solitude est pour elle le pire et le meilleur, une appréhension et un besoin, un désert redoutable et un silence apaisant.

*

On annonce à Martin la visite d'un parent. Pour quoi faire ? Pour bavarder. Martin renâcle, il n'en a pas envie. En venant le voir, on le dérange, on lui prend son temps.

Raisons qui ne tiennent pas debout, à ce point qu'il n'ose les exprimer, et se contente de grogner. Sa vie est faite de routines chargées de mille choses… de plus en plus chargées de moins en moins de choses, mais qu'une visite va perturber. Et puis, que vient faire ce neveu ? Voir ce que le vieil oncle s'efforce de cacher, la dent qui manque, l'ouïe qui baisse. Un peu de discrétion, que diable ! On n'est pas au zoo !

Les vieux sont les derniers aborigènes du monde d'aujourd'hui. Ils vivent seuls, ou en tribus, parqués dans des réserves où ils se tiennent à l'abri des foules. Ils ont leur manière d'être, leurs horaires, leurs régimes, leurs manies. Ils protègent un aparté que, dans peu de temps, ils n'auront plus à défendre, mais qui leur semble vital, dans la vie dont ils prennent soin.

*

Quelques vers de Prévert :

Dans la rue passe un vivant
Avec tout son sang dedans
Soudain le voilà mort
Avec son sang dehors.

*

Dixit encore Bibi :
On va, on vient, un jour on ne va plus.
On naît, on meurt, on n'a pas le choix.
L'hiver, le matin, la bonne heure se lève tard, c'est normal.

*

Voici, côte à côte, deux mandements :
Discute pas. Cause toujours !
Le premier vient du chef, le second du patron.
Et le tout figure la destinée humaine.

*

J'impulse... Je ne génère pas. Quant à l'opposition, elle campe sur ses positions. (Extrait d'un discours politique.)

★

Récit de Churchill : « Un taxi s'arrête devant le 10 Downing Street. Il est vide. En sort Mr Attlee, le nouveau Premier Ministre. »

On se souvient de l'adage : « Mon prédécesseur était un incapable et mon successeur est un intrigant. » Aux yeux du vieux Lion, son épigone n'était ni l'un ni l'autre. Il était inexistant, seule qualité dont puisse se prévaloir celui qui occupait sa place.

De ce point de vue, Churchill a beaucoup de répliques !

★

Certains disent que, de temps à autre, ils aimeraient quitter leur cadre, leur routine, et peut-être se fausser eux-mêmes compagnie. Je les comprends. Les agences de voyages, tout près de chez eux, leur offrent des croisières de moins en moins coûteuses, de plus en plus exotiques. On s'y presse pour s'évader en groupe, aller loin, y découvrir une liberté dont le programme, heure par heure, s'affiche au tableau de bord sous un titre qui fait rêver : « Emploi du temps. »

★

Les pensées passent. Martin redoute le silence intérieur qui survient dans le froid de la nuit. Il sait que celui du matin peut être apaisé, parfois même apaisant, tandis que celui du soir fait frissonner. Il hausse donc la voix de son soliloque, il fourbit sa gaîté, vérifie son maintien, sujet, verbe, complément, comme il assure sa tenue, veste, col, gilet. La vieillesse s'accélère si elle se laisse aller.

Martin noue ses cravates et gère ses subjonctifs.

*

Lorsqu'il sent, comme aujourd'hui, refroidir sa sève et qu'il lui faut, si l'on peut dire, pousser les feux pour la réchauffer, Martin se répète les meilleures de ses sottises. Elles sont devenues de bonnes histoires qui le ravigotent. Par exemple celle-ci.

Il était en poste aux Nations Unies, à New York. Il avait invité à déjeuner un jeune sénateur américain de son âge, J.F. Kennedy, dont les propos l'avaient agacé : il avait, en séance de commission, mis en cause notre souveraineté en Algérie.

Le repas, franchement mauvais, fut pénible. Martin ne réussit pas à ébranler son interlocuteur. Il se consola en annonçant que ce jeune ambitieux, catholique, esthète, libertin et même coureur, n'avait pas d'avenir politique. « Je connais l'Amérique », professa-t-il.

Lorsque J.F. Kennedy fut élu président des

États-Unis, je crois que Martin ne manqua pas de le féliciter.

★

La bévue ne manque jamais de clairvoyance. D'ailleurs, elle ne retarde nullement l'avancement de la carrière.

★

Ce cher général, qui a commandé en chef devant l'ennemi, se contente aujourd'hui de commander une bière au bistrot du coin. Sa voix a conservé son autorité. On le sert avant tout le monde, et il apprécie cette attention.

★

Martin sait approuver sans applaudir, mais pas applaudir sans approuver. Ce qui prouve qu'il n'est pas malin.

★

Question : Sais-tu ce qu'est un combre ?
Réponse : Ouigre.
Dialogue conclusif.

★

Autre dialogue en forme d'épitomé :

— Monsieur, je vous reconnais, je vous ai rencontré quelque part.

— C'est bien possible, j'y vais souvent.

J'aurais aimé que ces mots fussent de moi.

*

La nuit, tout à coup, imprègne la pensée de Martin. Ses idées, qui étaient grises, passent au noir. Il faut faire quelque chose. Il se met à chanter, au fond de son lit : « *Fais à ta guise, Madame la Marquise, Tiens bon, Monsieur l'Baron.* »

Après quoi, va-t-il croire son dire, ou son doute ? Il se force un peu, pour bien choisir : il a toujours su se tromper.

*

« Je me regretterai », soupira Madame de Soubise quand elle sentit sa mort prochaine.

VI

Dans l'histoire des peuples, on voit souvent l'action de la police, chargée du maintien de l'ordre, précipiter les révolutions. Tel est l'effet pervers des répressions. Les monarchies de l'Orient, les dictatures de l'Asie, en font l'expérience constante.

Pourquoi Martin s'arrête-t-il sur cette remarque ? Elle n'a rien pour le troubler. Et pourtant...

Il a imposé depuis belle lurette un carcan à ses humeurs, une bride à ses pensées, afin d'entretenir leur flot et d'éviter leur dérive. Sa discipline a été sévère, soupçonneuse, à la mesure d'une vraie police. Or un blocage enraye ce beau système. Que se passe-t-il ? Le rythme de son discours et son style badin qui animait sa vie stagnante (le verbe raconte la vie, et en dispose, n'est-ce pas, Schéhérazade ?) donnent des signes inquiétants comme s'ils étaient à bout de souffle. Épuisement, tourment ? Sans doute les deux. L'élan bien tempéré de sa conscience bien épurée fait sentir sa fatigue. Changement de régime? Comment changer, pour quel nouveau régime?

La vérité est simple. Martin est las, d'une lassitude qui ne peut se décrire. Martin en a assez de se gouverner. Sa discipline a fait long feu. Elle n'est plus de saison. Il n'en a plus le courage. Maintenir quoi, à quelle fin? Le cœur s'affole, la raison s'égare. Il craque.

*

Fulgurante comme la foudre du ciel, noire comme son nuage, la dépression est ainsi faite. Elle ne s'annonce pas et frappe d'un seul coup. Celle-là était sans doute cachée quelque part, on n'y prêtait pas attention.

Martin est pris à la gorge, saisi par sa griffe, cloué par sa masse. Il se voit imposer l'insupportable : lui, qui aime tant les mots, leur écho, leur incantation, se trouve nez à nez, face à face, avec ce monosyllabe soudainement abominable, qui désigne tout ensemble un événement épouvantable, un état terrifiant, un fantasme drapé de noir brandissant une faux de comédie, un terme gorgé de lymphe, de pourriture et de cruauté. La mort.

À vrai dire, Martin ne cessait d'en porter l'image dans son inconscient, puisqu'il avait bâti tout un système pour en repousser le spectre. Cette fois, l'assaille la vision de sa mort, la sienne, à lui seul réservée. Envers de l'existence, inexplicable et inéluctable, dont la date est un secret inscrit quelque part, mais illisible. Exécution cruelle, en douceur, en catastrophe, en un rien de temps ?... Le choix est vaste, mais il n'est offert à personne. Rien ne se passera comme on l'imaginait.

Il n'y coupera pas, en tout cas. Elle est monstrueuse, cette obligation catégorique, cette exigence létale visant un vivant. Impossible de se dérober, inutile de s'insurger. Quoi qu'on dise et quoi qu'on fasse, on est traqué, piégé, coincé comme un rat. Comme des myriades de rats.

*

Quel crime ai-je commis pour être ainsi condamné ? Me voilà dans le couloir fatal, la corde au cou, les yeux bandés. Trébuchant mes derniers pas au point qu'on doive les soutenir. Je tomberai peut-être avant le supplice, lequel aura lieu néanmoins, comme il est écrit dans le verdict dont on ne m'a lu que la sentence : « Le condamné sera exécuté. »

Qu'ai-je fait, encore une fois, pour encourir ce châtiment ? Dieu de justice, je t'interroge. Procureur de notre damnation, quand, quoi, pourquoi ?

*

Je n'ai pas convoité le bien de mon frère, je n'ai pas insulté l'honneur de mon voisin, j'ai vénéré mes aïeux et la nation dont ils sont issus. Ce n'est pas moi qui ai voulu me rendre maître des foudres qui t'appartiennent. J'ai rendu grâce à tes bienfaits lorsque j'en recevais le bénéfice. Et maintenant que je suis vieux, tu me frappes de ton arrêt, moi et mes pareils dont tu te prétends la providence.

*

Un reste de crainte puérile m'empêche de te maudire, et de porter à mes lèvres l'anathème qui encombre mon cœur. Tu es le plus fort, je redoute ta vengeance, n'ayant comme arme contre toi que mon invective. Ma mère se signe, Jacqueline met sa main sur ma bouche, Laetitia me supplie de me calmer. D'ailleurs, les jeux sont faits. La fin m'attend, que tu m'as dévolue.

*

Je me rends à la raison, n'ayant pas de réponse. La raison est de me taire. Je demande pardon pour mon éclat. Pardon à qui? Pardon à moi qui ai manqué de maîtrise et de maintien. J'ai traversé l'enfer. Je me ressuscite.

Que s'est-il passé? Je me suis retranché de l'univers, comme une entité vaniteuse. Je n'ai pas vu que si j'étais une conscience dans la vie, j'étais aussi une poussière dans le vent: je suis immense et infime. Un ange et un vermisseau. Le créateur du monde que je vois, et la créature qui s'y aperçoit.

J'appartiens à la nature, au mouvement de la nature qui fut mon ardeur et mon délice, et qui se nomme la vie. Cette vie, pour se perpétuer, se renouvelle, les saisons se font suite, il suffit d'ouvrir les yeux pour voir que la mort est au programme de la vie. La mort ? Non, la mutation.

Ma faute, en vérité, n'était pas d'ignorance, mais de présomption. Je me suis cru un monarque malmené, oubliant que j'étais aussi le petit soldat d'une armée gigantesque. J'ai commis le péché majeur devant l'Éternel, le délit démoniaque de l'Esprit rebelle. J'ai payé mon aberration d'un supplice infernal.

Ma crise, heureusement, n'a pas duré longtemps. Je me suis efforcé de la dissimuler, sachant qu'elle était sans remède, ce qui m'a beaucoup aidé à la traverser. Je n'ai pu éviter qu'on convoque le médecin, qui m'a prescrit quelques pilules de couleurs différentes, que j'ai absorbées sans renâcler. Je suis resté longtemps au lit, en prétendant que demain je me sentirais mieux, de sorte que je me suis remis. Remis à me démoder.

Je reprends langue et souffle. Le difficile est de ne rien espérer, sans céder au désespoir.

VII

Mon Dieu, je ne sais si vous êtes et, si oui, je ne sais qui vous êtes, je sais que je vous ai pensé depuis toujours, mais je ne sais d'où m'est venue cette pensée. Certains prétendent qu'elle n'a pu venir que de vous, et prouvent ainsi votre existence. Je ne suis pas convaincu par cette logique humaine qui nous a joué tant de tours. Pourtant, la question demeure. Est-ce moi qui vous ai inventé pour me débarrasser de ce que je ne pouvais comprendre, est-ce vous qui m'avez engendré pour des raisons que je ne puis comprendre, car vous n'avez pas besoin de moi ? Tout est confus en cette affaire.

Peut-on y voir un peu clair ? On se perd dans un dédale d'inconnaissable, un labyrinthe d'énigmes. La création, la mort, la vie, l'univers, le mouvement de l'univers.

Le double pourquoi de mon existence et de la conscience que j'en ai, accumule autour de moi les autres pourquoi. Je suis le mystère premier qui éveille la foule infinie des autres mystères.

Pourquoi sont-ils, et d'abord pourquoi suis-je, moi qui les vois ainsi qu'ils m'apparaissent, semblables à moi, également inexplicables ?

*

Je ne comprends rien à ce qui m'arrive. Pas plus ma vie présente que ma mort programmée ne me donnent leur clef. Dieu pourrait répondre à mes questions s'il n'était lui-même une question perdue dans son silence. Je pense sans savoir ce que je suis, ne sachant que je suis sauf quand je veille, ignorant d'où vient ce que je vois et ce que je suis venu faire sur cette terre.

La science chaque jour fait des prouesses d'intelligence. Son génie multiplie les engins et répand ses lumières. Elle me prolonge et me promène dans le temps et dans l'espace qui sont, dit-elle, de même nature. Elle me soigne, me cajole, me parle et me promet beaucoup. Mais elle ne me dit pas pourquoi, au lieu de n'être rien, je suis quelque chose qui se prend pour quelqu'un.

*

Il serait si simple de croire au Dieu de nos parents, le bon Dieu, le Tout-Puissant. Qu'il ait créé le Mal est un peu gênant, mais bon, on s'en arrange en disant je ne sais quoi qui le disculpe et nous distrait : la foi est fine mouche et parle d'or.

Seigneur, je vous ai rencontré plusieurs fois. Dans mes moments de grands bonheurs en plein été de mes amours. Dans mes heures de grande détresse, les hivers de mon âme. Votre nuée divine m'apparaissait dans ces exaltations. C'était peu souvent, j'en conviens, mais assez pour que je veuille, à nouveau, me confier à vous, vous dire qu'il se fait tard et que déjà mes jours baissent.

*

Dans ma chambre sont accrochés mes portraits de famille. Mon père, jeune homme dans sa redingote neuve, me regarde. Il était médecin, je l'ai dit, et sa consultation de nourrissons, à l'hôpital, sauvait de la mort les petits malades qu'elle menaçait. Les guérisons qu'il apportait détournaient le destin. Il n'en tirait aucune outrecuidance, mais une quiétude que surprenait mon regard d'enfant. « Non, je n'assure rien, disait-il, mais peut-être je rassure. » La foi qui l'animait était son héritage, et le définissait aussi bien que son nom de famille. C'était, traversant les siècles, une croyance dans la sainteté et la perpétuité de la vie, telle que l'enseignait la parole évangélique, telle qu'il la vérifiait chaque jour à l'hôpital, l'Hôtel-Dieu comme on le nommait, long bâtiment surmonté de la croix du Christ, où s'entendait tout au long des couloirs le cri des nouveau-nés, couvrant le râle des moribonds. Transmission de la vie, tradition de la foi, œuvres du même principe, celui de la filiation des âges, mot de passe de l'éternité divine – la succession est le signe visible de l'infini. Les mortels se relayent pour chanter dans leurs cathédrales ancestrales les cantiques appris de leurs mères, et rendre grâce à la pérennité.

*

J'ai été élevé dans le respect de cette procession.

*

Mais il faut une origine à tout enchaînement, une impulsion première qui en explique la mise en train. Mon père s'en remettait, pour cette métaphysique, au credo de ses aïeux, qu'ils disaient tenir du Créateur lui-même, lequel nous a dépêché son fils pour nous dire de l'aimer et de ne se soucier de rien d'autre puisque ses desseins sont insondables. Reconnaître et accepter les limites de notre intelligence, notre incapacité à élucider l'essentiel, est le plus savant de nos savoirs, puisqu'il constate notre condition, construit notre sagesse et conforte notre sérénité. Acquérir et appliquer cette modestie est l'altière ambition de l'homme bien-pensant dont mon père se voulait l'exemple. «Tu ne sauras pas», a dit le Seigneur.

*

J'ai été élevé dans la pratique de cette humilité.

*

C'est une belle attitude que celle du guetteur, les yeux ardents fixés sur la nuit qui l'entoure, ne se permettant pas de congé. Je guette ainsi l'arrivée de ma fin, que précède depuis quelques mois le cumul de mes infirmités, et qu'annoncera tout à coup un signe indéniable, mais que je ne sais prévoir : peut-être le cœur qui s'affole ou s'arrête, peut-être le souffle qui s'étouffe, peu importe.

Alors ma conscience cessera de me dire ce que je prétends être, cette fiction vieille de près d'un siècle, m'avertissant de ce que je nomme, aujourd'hui, ma mort.

Ce qui surviendra par la suite, je n'en sais rien, je peux seulement y penser et je ne me prive pas de le faire, à toute heure du jour, de plus en plus intensément à mesure que l'échéance approche. Ma conjecture me fait considérer que le Maître du Trépas ne peut être celui du Néant sans s'anéantir lui-même. Il est donc celui de l'éternelle résurrection. Il me dépouille de ma nature humaine et de la connaissance que j'en ai, il en fait poussière et fumée, mais il maintient mon Être dans l'Existence dont il est la continuité divine.

*

Être… oui, ou plutôt peut-être. Mais être quoi ? Être qui ? Être où ?

*

Je m'arrête sur le seuil de ma pensée et me garde d'aller plus loin, suivant la parole de mon père que j'entends dans la nuit, celle qui savait si bien apaiser mes alarmes et mes larmes d'enfant.

*

Michelle m'a conduit hier sur la tombe de Jacqueline, où reposent également ses parents, et Laetitia, notre fille. J'y serai inhumé aussi : le cimetière est celui d'un village où, parce qu'un soir il nous a plu, nous avons habité dix ans.

Un moment, sur le pavé mal équarri, j'ai trébuché. J'allais tomber et Michelle m'a retenu – oh, symbole ! Sur la tombe, je sais qu'elle a récité en secret ces paroles qui furent dites sur celle de son fils, cette prière du moine oratorien que ma foi n'est pas assez forte pour assumer, mais dont je sens l'émotion comme une lumière : « Nous ne verrons plus ton visage pendant un temps, mais ton cœur vivra dans le nôtre, et nous l'y sentirons quelquefois tressaillir comme nous le sentions ici-bas, et mieux encore. Soyons unis dans la mort, comme nous l'avons été dans la vie. »

*

Je sais gré à Michelle de m'avoir permis ce pèlerinage dont j'avais besoin. Il faisait beau sur la route du retour. Nous étions ensemble. Nous avons fait des projets de voyage. L'Espagne, la Grèce, la Turquie ? L'été prochain, l'année suivante ? Je savais que je rêvais. Michelle faisait comme si je ne le savais pas. Il y avait dans ces mensonges une infinie tendresse qui tenait lieu de vérité.

*

Martin, je t'observe, et je vois que tu démissionnes. Tu démissionnes parce que ta vie jusqu'à aujourd'hui se fiait à un mot, « demain », et que dorénavant tu n'y crois plus.

Hier, veille de la Saint-Sylvestre, sur le pas de ta porte, rentrant chez toi dans la nuit, tu t'es écroulé. Vertige, malaise ? Peu importe. Par terre, sur le dos. Michelle t'a relevé. Miracle, tu ne t'étais fait aucun mal ! Rien de cassé. Tu t'étais, simplement, brisé ton reste d'insouciance : à la seconde, tu as compris que l'accident se renouvellerait, et qu'il ne serait plus un signe, mais un achèvement.

*

J'ai si souvent imaginé ces moments ! Mon enfant, ma sœur, Michelle mon amie, il faudra que je te quitte, et je te prie de m'en excuser. Je ne laisserai rien d'important derrière moi, ce qui reste n'est rien, mais c'est un rien auquel je tiens, tu me comprends, et l'idée que tu le gardes me rassérène. Prends-en la possession, l'inutile et précaire tenure. Il s'agit d'images passagères, imprimées on ne sait comment dans l'immatériel et qui, si tu t'y prêtes, sont les apparitions qui me figurent : souvenirs d'instants réinventés qui s'effacent dans l'instant, prénoms murmurés, émotions trouvées dans la lecture de ces pages si, un jour, tu les parcours avant de les oublier dans le sommeil, fantasmes de mon fantôme… Toutes choses fugitives, mirages traversant ta vision, nuages et nuées que je te lègue, avant qu'à leur tour se dispersent tes ombres.

*

Sur le pas de la porte, écoute encore ce petit conte qui m'évitera d'en dire plus, ou de verser dans l'élégie.

C'est l'histoire de Martin, ou plutôt de ce qu'il en reste. Il est très vieux tu sais : un ancêtre. Le temps est venu pour lui de tirer sa révérence et de saluer les bons entendeurs qui l'ont écouté. Mais il se demande quel sera le fin mot de sa fin.

À la réflexion, celui qui lui paraît convenir est un mot dont on oublie qu'il est latin tant il est d'un usage familier, dont nul ne songe qu'il est magique tant on l'emploie sans y penser. Il dit la vie et contredit la mort, il proclame qu'il y a une suite après la suite, et qu'on aurait tort de pleurer quand tout paraît perdu. Il est, à lui seul, une philosophie.

Un mot très simple que je te livre tendrement, comme un viatique, une incantation, un mot chiffré, un mot sacré, un mot-clé, un mot d'ordre, un mot de passe.

ET CAETERA

TABLE

Avant-Propos. 11

Recueil du matin 15

Recueil de midi 67

Recueil du soir. 113

Cet ouvrage a été imprimé en France par

SOPI BUSSIÈRE

à Saint-Amand-Montrond (Cher)
en février 2014

N° d'édition : 755 – N° d'impression : 2008076
Dépôt légal : février 2014